steye j & yoni p

스티브 & 요니's 디자인 스튜디오

steve j & yoni p

스티브 & 요니's 디자인 스튜디오

Preface

『스티브 & 요니's 디자인 스튜디오』를 준비하면서 정신없이 지나쳤던, 뒤섞여 있던 몇 년간의 기억의 조각들—스무 살의 풋풋했던 모습, 런던 유학시절, 그리고 브랜드 런칭 후 힘들었던 순간들과 소중했던 시간들—을 끄집어내 퍼즐을 맞추듯 제자리에 맞춰놓을 수 있었다. 이제는 창고 한 켠에 자리잡고 있는 유학시절의 포트폴리오를 뒤적이면서 도서관의 수많은 책 사이에 파묻혀 있었던 우리의 모습도 떠올려보았다. 지금의 'Steve J & Yoni P'라는 브랜드가 만들어지기까지의 발자취를 하나둘 짚어가다보니 책상 위에 뒤죽박죽 어지럽혀진 물건들을 정리할 때의 희열감 같은 뭔가가, 우리의 아련했던 꿈과 추억이 느껴졌고, '패션디자이너'라는 이름으로 앞을 향해 달려나가고 있다는 사실에 두근거렸다. 이 책을 통해서 패션에 대한 열정으로 도전을 꿈꾸거나, 유학생활에 호기심을 가진 후배들이나 패션인들, 그리고 Steve J & Yoni P라는 브랜드와 디자이너가 궁금한 독자들에게 우리의 이야기를 풀어놓으려고 한다.

지금껏 누군가가 우리에게 "당신에게 있어 패션디자이너는 어떤 사람인가?"라고 질문을 했다면, 그동안의 답은 '옷을 통해 트렌드를 이끄는 아티스트' 정도였을 것이다. 하지만 이 책을 쓰면서 패션디자이너라는 건 옷뿐만이 아니라 '우리가 꿈꾸는 비전과 이상을 디자인하고, 이를 다른 모든 이들과 공유하는 사람'이라는 생각이 든다.

지금 책상 위에는 다음 시즌 컬렉션을 준비하면서 그려둔 아이디어 스케치와 수

많은 디자인 작업지시서, 원단 스와치가 수북하게 쌓이고 있다. 새로운 것을 만들어 내려는 끊임없는 시도와 노력에 쉴 새 없고 피곤하기도 하지만, 이 일들은 우리에게 힘을 주고 우리를 항상 도전하게 만든다. 우리는 끊임없는 도전을 통해서 꿈을 이뤄가고 있다. 지금 또 다른 출발선에 서서 더 많은 꿈을 꾸고 있기에, 무엇보다 패션디자이너라는 사실에 우리는 행복하다.

2011년, 가을

steve j & yoni p

Steve
&
Yoni's
design
studio

contents

intro

그런데 **요니**를 만났다.
그리고 **스티브**를 만났다.

아웃사이더. 정혁서라는 본명으로 불리던 학창시절의 나를 한마디로 표현하기에 이보다 더 좋은 단어는 없을 것이다. 비평준화지역에서 소위 '명문' 고등학교에 진학한 후 나는 바로 학교와 공부에 흥미를 잃었다. 실력 좋은 아이들 틈에서 비슷비슷해지는 나 자신이 싫었던 건지도 모르겠다. 친구들과 어울리는 것도 시들해지고 혼자 보내는 시간이 많아졌다. 그러다 그림을 그려야겠다는 생각에 어머께 예고로 전학을 가고 싶다고 말씀드렸다. 그러나 어머니는 학교를 옮기는 대신 지금 다니는 학교에서 미술을 공부할 수 있도록 해주겠다 하셨고 교장 선생님을 설득하셨다. 덕분에 나는 자율학습을 하지 않고 미술학원에 다닐 수 있게 됐지만 입시 위주의 미술교육에 적응하지 못했다. 학원에서 그림 그리는 방식은 공식에 따라 수학 문제를 푸는 것과 다르지 않았다. 이를테면 빛이 들지 않는 교실에서 석고상을 그리면서도 빛이 들어온다고 '상상'하고, 각도와 농도를 '계산'해서 그림자를 그리는 식이었다. 그런 식의 공부가 싫었던 건데 그림을 그리면서도 마찬가지였으니 견딜 수가 없었다. 결국 나는 그림 그리는 걸 그만두었고, 뒤처진 공부를 다시 시작했다. 대학은 가야 했으니까. 그러자 바닥을 치던 성적이 슬슬 오르기 시작했다.

어쨌든 그 시절은 캄캄한 밤, 불 꺼진 정원처럼 적막했던 때였다. 하지만 불이 꺼진 후에도 향기가 남는 일들이 있다. 그것이 내게는 춤이었다. 학교 축제 때 처음으로 춤을 추었는데 그때 느낀 짜릿함은 굉장한 것이었고 나는 춤추는 순간만큼은 모든 걸 잊을 수 있었다.

그렇게 학창시절을 보내고 대학에 진학해야 했을 때, 가능하면 미술 계통의 공부를 하고 싶었는데, 문과에서 갈 수 있는 미술 전공으로는 패션디자인학과가 있었다. 처음부터 꼭 패션디자인에 꿈이 있던 건 아니었지만 괜찮은 선택이었다. 옷이나 액세서리를 좋아하고 패션 분야에 관심은 많았기 때문이다. (오토바이를 사려고 점심값 몇천 원을 꼬박꼬박 아껴서 모은 돈 1백만 원을 청바지 사는 데 몽땅 써버리기도 했으니까.) 직접 내 손으로 그리고 새로운 뭔가를 만들어내는 일이라는 것도 흥미로웠다. 그리고 관심이 있었던 분야라 지루하지 않을 것도 같았다.

하지만 대학생활을 시작한 후에도 크게 바뀌는 건 없었다. 여전히 춤이 먼저였다. 수업은 뒷전이었고, 학과 친구들과 잘 어울리지도 않았다. 춤 동아리를 만들어 활동하면서 공연을 다니고 다른 학교 친구들에게 춤을 가르쳐주는 데 더 많은 시간을 보냈다.

그런데 요니를 만났다.

당신 인생의 황금기는 언제였나요?
인생의 황금기란 어느 때를 말하는 걸까요?

내 인생의 황금기에 대해 다시 한 번 생각해본다. '요니'라는 애칭으로 불리던 대학시절? 24시간 공부와 일에 집중했던 유학시절? 아니면 인정받는 디자이너로 활동하고 있는 지금? 과연 내 인생의 황금기는 언제일까?

내 기준일 뿐이지만 나는 황금기를 이렇게 정의하고 싶다. 성공이라는 말이나 내가 가진 무언가와 관계없이 내가 나로서 가장 사랑받고 즐거웠던 때. 돌아보면 나의 고교시절이 그랬다. 그 어느 때보다 찬란하게 빛났던, 가장 행복했던 시기로 기억되는 날들이었다. 언제나 내 주위로 친구들이 모여들 만큼 인기가 많았다. 고등학교 3년 내내 몰표를 받고 반장이 된 것도 그 덕분인 셈이다. 생각해보면 사람들과 어울리는 걸 좋아하는 건 예나 지금이나 다르지 않구나 싶다.

그 시절 나는 두 가지 꿈이 있었다. 하나는 학생들과 어울리는 게 좋았기 때문에 선생님이 되는 것이었고, 또 하나는 패션디자이너가 되는 것이었다. 어려서부터 다음 날 입을 옷을 정해놓아야 잠이 올 정도로 멋 부리는 걸 좋아했으니 직접 옷 만드는 일을 꿈꾸는 게 이상하지 않았다.

아무래도 내 운명은 디자이너였을까? 교육학과는 떨어졌고, 패션디자인학과에 붙었다. 낙담할 이유는 없었다. 둘 다 가보고 싶은 길이었으니까 어느 쪽이어도 괜찮았다.

　다행이었던 건 입학 후 내가 선택한 길이 나에게 잘 맞았다는 거다. 디자인이 그렇게 재미있을 수 없었다. 정말 즐거운 마음으로 전공 공부에 푹 빠져들었다. 3학년 2학기였던가? 전과목 A$^+$라는 성적을 받아서 한성대 전설로 남기도 했다. 아, 이때도 이상하다 싶을 만큼 친구들이 주위에 모여들었으니 대학생활도 황금기를 이어갔다고 해야겠지?

그리고 스티브를 만났다.

Chapter 1
When the Mustache met the Little Eyelashes

When
the Mustache
met
the Little Eyelashes

steve j

아마도 봄이었을 것이다. 2학년 새 학기가 시작됐고, 겉돌며 지낸 시간이 조금은 지겨워질 즈음이었다. 강의실에 들어가 뒷자리를 찾아 앉았다. 햇살이 가득한 앞쪽에는 이제 제법 친해진 동기들이 무리지어 웃고 떠들고 있었다. 유난히 한 친구의 얼굴에 시선이 멈췄다. 친구들 한가운데에서 환하게 웃으며 재잘거리고 있던 요니였다.

　신입생 시절 춤에 빠져 공부도 친구들도 뒷전이었던 내게도 요니는 언제나 친절했다. 불쑥 전화해 과제를 물어봐도 늘 반가워하며 받아줬다. 아니, 생각해보면 요니는 모두에게 친절했고 유독 인기가 많았다.

　봄 햇살 속에서 웃고 있는 요니와 친구들을 보고 있자니 문득 나도 그 속으로 들어가고 싶어졌다. 나는 요니에게 보낼 쪽지를 적기 시작했다.

yoni p

2학년 1학기의 시작, 강의실 안은 방학이 끝났다는 아쉬움보다 새 학기에 대한 기대와 설렘이 가득 차 있는 느낌. 수업이 시작되고 소란스러움은 잦아들었지만 내 기분은 여전히 붕 떠 있었다. 나른한 봄볕이 밀려드는 창가에 앉아 이런저런 생각에 빠져들 때쯤 뒷자리 학생이 내 어깨를 톡톡 쳤다.

"뒤에서 전해달래."

돌아보니 투박하게 접힌 쪽지 하나. 누구지? 슬쩍 교수님 눈치를 본 다음 얼른 쪽지를 폈다. 앞뒤 없이 적힌 한 줄의 물음.

'내일 동물원 갈래? - 혁서'

심장이 쿵 떨어졌다. 혁서? 정혁서? 그 짧은 한 줄을 몇 번을 읽어봤는지.

사실 패션디자인학과는 다른 과에 비해 남학생들이 수가 적어 더 눈에 띄기도 하고 귀한(?) 대접을 받는다. 혁서는 몇 안 되는 남학생들 중에서도 조금 달랐다. 말이 별로 없고 학과 생활은 잘 안 하고, 춤에만 빠져 지내던 친구였다. 그 또래 여자아이들이 그렇듯 나도 춤 잘 추고 남들과 다른 듯한 혁서가 멋져 보였다. 한편으로는 무리 밖으로만 도는 그 친구가 자꾸 마음 쓰이기도 했지만. 그런데 그 정혁서가 나에게 쪽지를 보낸 것이다. 그것도 동물원에 같이 가자고. 나는 주저하지 않고 답을 적어 보냈다.

"좋아!"

한눈에 요니라는 걸 알았다. 요니는 동물원이라는 장소에 맞춰 호피 무늬 드레스를 입고 나에게 걸어오고 있었다. 언제나 독특하고 남다른 패션 감각을 뽐내는 요니가 동물원이라고 해서 달라지진 않는다. 좀 놀랐지만 그런 요니가 귀여웠다. 미래의 패션디자이너로서의 센스라는 생각도 들었다. 혹시 몰라 사파리를 피해다녀야 했지만.

요니는 요니였다. 함께 있는 것만으로도 기분이 좋았다. 아웃사이더로 살면서 한 번도 느껴본 적 없는 유쾌함이었다. 시종일관 웃으며 즐거워하는 요니를 보고 있으니 나 역시 즐거워졌다. 자연스럽게 요니의 손을 잡았다. 따뜻하고 왠지 모르게 든든했다. 내 편이 생긴 것 같은 느낌. 요니와 내가 연인이 된 것은 자연스러운 일이었다. 그냥 그랬어야 하는 일처럼.

좋은 친구, 좋은 연인, 그리고 좋은 파트너.

그런 기분이 들었다. 우리는 좋은 파트너가 될 것 같았다. 동물원을 걸으며 이런 저런 이야기를 했는데 다른 사람들과 1년 동안 나눴던 대화보다 더 많은 말이 오간 것 같았다. 사실 서로 잘 알지 못하는 상태에서 상대에게 가지는 호감은 때로 비극(?)을 부르기도 하는데 스티브는 알면 알수록 매력적인 친구였달까? 특히 무언가에 꽂히면 엄청난 열정과 집중력으로 내달리는 모습이 그랬다. 춤에 빠져 지내던 스티브, 제대 후 학업에 열중하던 날들, 훗날 유학생활을 하면서 함께 공부하고 일하던 시간, 함께 브랜드를 만들고 난 후의 모습들. 언제나 새로운 걸 만들어내고 새로운 모습을 보여주는데 마치 팔색조 같았다. 15년을 연애하는 동안에도 한 사람이 아니라 여러 사람과 연애를 한 기분이랄까? 누군가는 종종 그 긴 시간을 연애하고 결혼까지 한 나에게 지겹지 않느냐고 묻지만 내 대답은 한결같이 노!

WHITE RHINO

Africa

FLAMINGO

ELEPHANT

South America

Asia

LLAMA

BEAR

LAKE SHORE LANE

Main Entrance

Steve   Yoni

Y 나 그때 항상 드레스 업dress up 상태였는데. 눈 밑에 야광별

　　붙이고 다니고.

S 다른 건 몰라도 삼단 블랙 망사 드레스, 그건 진짜 좀 힘들었어.

Y 아, 홍미화 선생님 드레스!

　　난 다른 사람들 시선 신경 안 쓰는 편인데 넌 진짜 잘 알아채잖아?

S 누가 날 보면 바로 느껴져.

Y 그래서 나한테 튀는 옷 입고 올 거면 전화해달라고 얘기했었지?

　　차 가지고 나온다고.

S 그 차림으로 전철 타면 다 쳐다보니까.

Y 그렇게 심했나? 근데 다른 사람들은 내 파란 벨벳 드레스가

　　더 충격적이었나봐.

S 아, 맞다! 너 거기에 하이힐 신고 올림머리에 젓가락 두 개 꽂고.

Y 인상착의만 이야기해도 다 난 줄 알았어.

S 이젠 전설로 남았지. 한성대 미친 벨벳 드레스!

steve j

대한민국 남자라면 누구나 가는 군대가 나라고 예외일 수는 없었다. 2학년을 마치고 입대를 했는데 군 생활을 하면서 가장 힘들었던 건 이전처럼 춤을 출 수 없다는 사실이었다. 결국 제대했을 때쯤에는 몸이 굳어버려서 더는 춤을 출 수 없었다.

요니는 그사이 디자인 실력이 일취월장해 있었다. 워낙 무엇 하나 놓치는 법이 없던 터라 공부면 공부, 디자인이면 디자인, 연애면 연애, 모든 것에 에너지를 다 쏟았다. 춤을 추지 못하게 돼서 낙담하고 있던 나는 그런 요니를 보고 자극을 받았다. 춤에 쏟았던 마음을 공부에 쏟아봐야겠다는 생각이 들었다. 요니는 뒤늦게 학업에 뛰어든 나의 든든한 지원군이 돼주었다.

사실 요니는 그때 이미 유수의 의류회사에서 패션디자이너로 일을 하고 있었다. 한국의 막내 디자이너 생활이라는 게 야근은 기본, 철야는 옵션이다. 그러니 자기 일만으로도 벅찰 텐데도 일이 끝나면 학교로 와서 아직은 디자인 작업에 서툰 나를 도와주곤 했다. 거의 잠을 자지 않다시피 해야 가능한 생활이었음에도 말이다. 지금도 마찬가지다. 요니는 하루가 36시간은 되는 것처럼 움직인다. 어디에서 그런 열정이 나오는지 신기할 만큼 에너지를 뿜어낸다.

yoni p

"춤과 패션은 어딘지 닮은 것 같아. 춤출 때 같은 동작을 하더라도 조금이라도 아름답게, 멋지게 해야 다른 사람과 다른 몸짓이 나오잖아. 패션도 그런 것 같아. 정형화된 패턴pattern에서 정교하게 피트fit를 바꿔서 나만의 디자인을 만들잖아? 내 색깔을 찾아야 살아남는 것도 마찬가지고."

춤과 디자인의 공통점에 대해 이야기하는 스티브의 눈이 반짝거렸다. 그런 스티브의 모습은 내게도 자극이 됐다.

스티브가 복학했을 때 나는 이미 회사에 다니고 있었고 디자이너로 인정받으며

차근차근 경력을 쌓아나가고 있었지만, 선배들을 보면 암담해지기도 했다. 잘나가던 선배들도 결혼을 하면 일을 그만두거나, 복직을 해도 힘들어했다. 의류회사의 디자이너라는 직업의 수명도 점점 줄어들고 있기도 했고. 이대로 회사를 다니면 내가 이 일을 평생 할 수 있을까, 그런 의문과 불안이 들곤 했다. 당시 스티브는 한참 콘테스트에 빠져 있었는데 스티브를 도우면서 나도 어딘가에 도전해보고 싶었다. 그래서 고민 끝에 신진 디자이너 콘테스트에 참가하기로 결심을 했다. 내 이중생활의 시작은 이때부터였던 것도 같다.

야근을 마치면 독립적인 디자이너 배승연으로 돌아왔다. 내 포트폴리오를 만들면서 학교에서 스티브와 디자인에 대해 이야기하고 고쳐보고, 또 새로운 아이디어를 찾는 생활이 이어졌다. 회사 업무나 콘테스트 준비 모두 만만치 않아서 잠잘 시간을 줄여야 했지만 스티브와 함께 보내는 그 시간이 좋았다. 돌이켜보면 그건 일이 아니었고, 같이 꿈을 꾸는 일이었기 때문이라는 생각이 든다. 그랬기 때문에 피곤함마저 잊고 흥이 나서 그렇게 내달렸던 게 아니었을까?

스티브는 적극적으로 공모란 공모에는 다 참가했는데 디자인 일러스트를 그려내는 1차는 대부분 합격. 2차는 3~6개월의 시간을 가지고 자기 작품을 만드는 과제였는데, 나는 마치 내 일처럼 스티브를 도왔다. 스티브는 처음에는 재봉틀 다루는 것도 서툴러서 떨어지기 일쑤더니 어느 순간부터 공모전을 휩쓸기 시작했다. 역시 스티브구나! 스티브는 얼마 지나지 않아 고속주행하기 시작했다.

그런 스티브가 내 눈에만 띌 리 없었다.

졸업을 앞두고 요니가 다니고 있는 회사에 원서를 냈고 최종면접만 남아 있었다. 그때 제일모직에서 특채로 채용하고 싶다는 연락이 왔다. 사실 제일모직이라는 회사가 어떤 곳인지 잘 몰랐다. 당시에는 학교 작업실에서 먹고 자면서 옷 만드는 데에만 미쳐 있던 때였다. 어쨌든 그 회사의 제안은 솔깃할 수밖에 없었다. 입사를 위한 시험 절차를 거의 다 생략하고 인터뷰만으로 입사할 수 있는 기회였기 때문이다. 결국 제일모직의 인터뷰를 마치고 신체검사만 남아 있었는데 요니네 회사 최종면접과 날짜가 겹쳤다. 이미 내 마음은 제일모직으로 결정한 상태였다. 직장생활을 먼저 시작한 선배들이나 요니 모두 신체검사는 의례적인 것일 뿐, 이미 붙은 것이나 다름없다고 했기 때문에 이미 100퍼센트 합격했다고 믿고 있었기 때문이다.

하지만 나는 탈락했다. '적록색약'이라는 게 이유였다. 인사 담당자는 적록색약은 디자이너로서 치명적인 결함이라며 아쉽지만 안 되겠다고 말했다. 그리고 덧붙였다.

"더 큰 사람이 돼서 오세요."

지금 생각해보면 아이러니하게도 그 말이 주문이 되었나 싶다. 하지만 당시에 지금의 내 모습은 정말 먼 이야기였다. 콘테스트마다 입상하며 의기양양 지내온 시간들이 정말 한순간에 사라졌다. 기막히고 당황스러웠다. 나는 그 '적록색약'의 눈으로도 디자인을 했고 옷을 만들어왔고 인정을 받아왔는데, 신체검사의 진단 한 줄에 내가 해온 모든 걸 부정당한 것 같은 기분은 뭐라 말할 수 없을 만큼 허망했고 절망스러웠다.

게다가 얼마 지나지 않아 엎친 데 덮친 격으로 몸에 이상이 생겼다. 공모전 준비를 한다고 매일 커피만 마시고 잠을 제대로 못 잔 탓인지 폐에 문제가 생겼던 것이다. 의사가 말하길 암일 가능성이 있다고 했다.

암이라니.

순간 사십 대 초반의 이른 나이에 지병으로 세상을 떠나신 아버지가 떠올랐다.

"앞으로 죽을 때까지 디자이너로 살 텐데 지금 1, 2년이 나중에 어떤 의미가 있을
것 같아? 조급해하지 말자, 우리."

스티브에게 할 수 있는 말이 이것 말고 뭐가 있었을까? 그건 내 진심이었고 돌이
켜보면 정말 맞는 말이기도 했다. 처음에 스티브의 몸 상태에 대해 들었을 때 어쩔 줄
모르고 울기만 했다. 그래도 다행이었던 건 검사 결과가 악성 종양은 아니었다는 것.
수술을 해야 했고 또 회복을 위해 1년여의 시간이 필요했지만 살 수 있었다. 그러면
됐다, 살아만 있다면 몇 년쯤은 아무것도 아니야, 스티브가 디자인을 못 하게 되는 일
은 없을 거야, 나는 그렇게 스스로 마음을 다독였다. 스티브와 나는 젊었고 하고 싶은
것도 많았다. 무엇보다 우리의 꿈은 시간이 필요한 일이기도 했다.
'이 긴 레이스에서 1등이 아니면 어때. 완주할 수 있으면 되지. 조급해하지 말자.'
그때의 내 마음이 그랬다.

받아주지 않는다면 내가 떠나면 된다. 옷을 만드는 데 적록색약이 정말 큰 문제였을
까? 이해는 하지만 인정할 수는 없었다. 아니, 하고 싶지 않았다. 그것이 우리나라에
서 패션디자이너로 활동할 수 없는 결정적인 이유라면, 그걸 제약으로 삼고 있는 이
울타리를 벗어나면 된다는 생각이 들었다. 적록색약이 치명적인 문제가 되지 않는,
좀더 자유로운 곳으로.

Chapter 2

Steve at Central Saint Martins

Yoni in Chechister

Yoni becomes head designer

or

British label

Steve
at Central Saint Martins

steve j

유학을 위해 어학원에 등록하자마자 영어 이름을 지었다. 어쩐지 떠나면 한국에 돌아오지 못할 것 같았다. 한국에서는 패션디자이너로 살 수 없을 거라는 불안도 있었다. 해외에서 살려면 '혁서'보다 좀더 부르기 쉬운 이름이 필요하겠다, 생각은 거기까지 미쳤다. 고민 끝에 나는 '스티브'라는 이름을 지었다. 튀지 않으면서 적당히 익숙한, 오랫동안 그렇게 불린 듯한 이름. 부르다보니 '배승연'이라는 본명보다 더 익숙해진 닉네임인 '요니'와도 썩 잘 어울렸다. 이름도 정했으니 이제 갈 곳을 정해야 했다.

당시 학생들이 주로 가던 패션스쿨은 미국에 많았다. 다른 곳에 비해 잘 알려져 있기도 했고 좋은 학교가 많기도 했지만 나는 미국이 내키지 않았다. 제대 후 한 달 정도 미국으로 배낭여행을 다녀왔는데 미국은 너무 거대했고 그 거대함에 압도당할 것만 같았다. 또 너무 다른 문화에 겁이 나기도 했다. 여행 내내 주눅이 들었던 기억이 일종의 트라우마가 됐다.

결국 나는 유럽 쪽으로 학교를 찾아보기로 했다. 제일 먼저 떠오른 나라, 패션의 도시 파리. 학교 다닐 때 한 콘테스트에 합격해 파리를 방문했던 적이 있었는데, 그때 파리는 젊은 디자이너의 감성보다 장인 정신이 더 돋보이는 곳이라고 느꼈다. 패기 하나만 있는 신출내기가 뿌리내리기엔 빈틈이 없어 보였다. 그래서 생각한 곳이 런던. 파리 못지않은 역사와 문화를 자랑하는 도시지만, 패션의 역사를 돌아보면 신인들이 강세를 보였던 곳이 바로 런던이다. 나는 '클래식'과 '모던'의 절묘한 조합이 매력적으로 느껴지는 런던을 택했다. 그리고 런던의 많은 학교 중에서도 존 갈리아노, 알렉산더 맥퀸, 스텔라 매카트니 등 수많은 유명 디자이너들이 공부했던 '센트럴 세인트 마틴스 컬리지 오브 아츠 앤드 디자인Central Saint Martins College of Arts and Design(이하 세인트 마틴)', 그곳이 내가 가야 할 곳이었다.

yoni p

" 그걸 다 가지고 가게?"

" 할 수 있는 건 다 해봐야지."

" 설명은 어떻게 하려고?"

" 일단 통역이 있으니까."

세인트 마틴의 인터내셔널 담당자를 만나러 가는 길, 스티브의 차는 마네킹과 그동안 작업한 작품들로 가득 찼다. 유학원에 다녀온 스티브는 이미 한국에서 학사를 땄으니 시간 낭비하지 않고 석사과정으로 입학하겠다고 마음을 굳힌 상태였지만, 그런 경우는 없다는 게 문제였다. 사실 그날의 심사도 우기다시피 해서 얻은 기회였는데 스티브는 계획을 바꾸지 않았다. 나 역시 스티브가 디자이너가 되기 위해 얼마나 필사적이었는지 알고 있었기 때문에 힘 빠지는 소리는 하고 싶지 않았고 왠지 '스티브라면……' 하는 기대도 있었다. 일단은 열심히 응원을 보낼 수밖에.

steve j

심장이 쿵쾅거렸다. 떨리긴 했어도 주눅이 들진 않았다. 담당자에게 보여줄 것은 내 영어 실력이 아니라 내 작품이었으니 그것만큼은 자신 있었다. 비록 통역자의 힘을 빌렸지만 나에 대해서, 내 작품에 대해서 당당하게 설명했다. 다행히 1차 심사는 통과! 단, 내가 원하는 석사과정에 지원하는 것은 허락하겠지만 안 될 가능성이 높으니 떨어질 경우 2학년 과정으로 편입할 수 있는 자격을 주겠다고 했다.

영국의 대학 학사과정은 3년제로 기본교양과정인 파운데이션Foundation 1년 후, 1, 2학년을 마치면 졸업이다. 그런 점에서 볼 때 담당자의 제안은 굉장히 좋은 조건이었다. 학사 3년 중 2년 과정을 거치지 않아도 된다는 말이었으니까. 예상치 않았던 덤을 얻은 기분이었다.

얼마 후 한국을 떠나는 날, 어머니와 공항에 도착해 짐을 부치고 티케팅을 하고 돌아서는데 목구멍 한가운데가 뜨끈했다. 어쩌면 다시 돌아올 수 없을지 모른다는 예감과 혹 돌아오더라도 빈손이어서는 안 된다는 비장함이 가슴에서 올라왔다.

여섯 남매 중 막내인 내가 여섯 살이던 해에 아버지가 병으로 돌아가셨다. 그후 육남매를 홀로 키우신 어머니는 강한 분이었다. 홀어머니 밑에서 자라는 아이들이 행색이 허름하면 초라해 보인다며 늘 제일 좋은 옷을 입혀주셨던 어머니. 막내아들이 디자이너가 되겠다고 했을 때 누구보다 응원하고 믿어주셨던, 내게 가장 큰 존재인 어머니. 어머니는 아무 말씀 없이 마음을 다잡고 계셨고, 그 옆에 서 있던 요니가 참고 있던 울음을 터뜨렸다. 그제야 어쩌면 내가 사랑하는 사람들을 꽤 오랫동안 보지 못하겠구나 싶었다. 발이 쉽게 떨어지지 않았다. 하지만 출발 시간은 다가왔고, 울고 있는 요니와 담담한 얼굴로 막내아들의 출발을 지켜보고 있는 어머니를 뒤로하고 런던행 비행기에 올랐다.

Union Jack

스티브가 떠났다.

　당장이라도 전화하면 스티브가 달려올 것 같았지만 언제까지 슬퍼하고 있을 수는 없는 노릇. 뒤를 돌아보기보다 앞을 향해 달리는 게 나니까. 그리고 정말 회사 일과 신진 디자이너 콘테스트 준비로 정신 없는 일상이 다시 시작됐다.

　얼마 후 콘테스트에서 나는 당당히 최종 일곱 명 안에 들었다. 수상자들이 참여한 쇼가 끝나고 현대백화점 측에서 수상자들을 대상으로 한 신진 디자이너 부스를 열테니 참여하지 않겠느냐는 메일을 보내왔다. 스티브의 빈자리가 크게 느껴졌다. 스티브가 있었으면 같이 기뻐해줬을 텐데. 의논해볼 수 있었을 텐데. 틀림없이 좋은 기회였지만 아직 때가 아니라는 느낌이 컸다. 좀더 준비가 됐을 때 시작하고 싶어서 백화점 측의 제안을 조심스레 거절했다. 그리고 욕심이 생겼다. 나도 해외에서 공부를 하고 멋지게 데뷔하고 싶다는 욕심. 고민이 되기는 했지만 결정은 빨랐다.

　나도 런던으로.

세인트 마틴의 인터내셔널 담당자의 눈은 정확했다. 나는 석사 심사에서 떨어졌고 대신 2학년으로 편입했다. 결정은 났으니 무엇보다 영어를 익히는 게 급했다.

나는 다시 불안해졌다. 병을 치료하느라 1년 가까운 공백을 가져야 했는데 그것도 모자라 또 영어 공부로 1년을 보내야 했다. 그사이 디자인에 대한 감을 잃는 것은 아닐까, 이대로 아무것도 아니게 되는 것은 아닐까, 영국에서 과연 디자이너로 자리잡을 수는 있을까, 온갖 걱정이 밀려왔다. 스물여덟, 뭔가 다시 시작하기엔 늦을 수도 있는 나이라는 생각이 들었다. 마음은 소용돌이치고 영국의 추위에 몸은 움츠러들었다. 그때 요니의 말이 떠올랐다. 평생 디자이너로 살 거라는, 그러니 1, 2년쯤은 조급해하지 말자던. 불안이 잦아드는 것 같았다. 도착하자마자 요니가 보고 싶었다.

어학 연수를 위해 찾은 케임브리지Cambridge는 괜찮은 선택이었다. 대학도시로 유명한 곳인 만큼 잘 정돈된 캠퍼스와 공원도 마음에 들었고 조용하고 쾌적한 분위기도 좋았다. 공부하면서 심신을 추스르기에 좋은 곳이었다. 처음의 낯섦은 차차 사라졌다. 요니 없이 혼자서 지내는 것이 힘들었지만 그것도 조금씩 적응하기 시작했다. 패션에 대한 욕심을 잠시 내려놓으니 도서관에 앉아 공부하고 새로운 언어를 익히는 시간들도 재미있었다.

물론 편하게만 보낼 수 있는 건 아니었다. ILT 6.5 이상이 나와야 예정대로 무사히 세인트 마틴에 들어갈 수 있었기 때문이다. 영어만큼은 절박했고 나는 한국 사람들과 섞이지 않으려고 애썼다. 그 때문에 한국 유학생들에게 오해를 받기도 했다. '쟤 뭔데 저래' 하는 눈빛, 수군거림. 그러나 내게 중요한 건 그들의 시선이 아니라 영국에서 살아남기 위해 빨리 영어를 익히는 일이었다. 그래서 영국에 유학 온 유럽이나 남미 출신의 친구들과 어울려 지내는 시간이 많았는데 나는 사교성이 좋은 편이 아니어서 쉬운 일은 아니었다. 요니였다면 금세 사람들 중심에 있었을 테고 나도 거기에 기대어 그 관계망 안에 좀더 쉽게 들어갈 수 있었겠지만, 요니가 없었다. 모든 게 내 몫이니 나는 노력할 수밖에 없었다. 내가 먼저 벽을 허물고 솔직하게 다가갔고 그만큼 친구들도 내게 다가왔다. 역시 처음이 힘들다. 일단 한 걸음 앞으로 나아가면 방법을 알게 되고 그다음은 자연스럽게 나아가게 된다. 결국 요니가 없으니 살아남는 법을 스스로 체득한 셈이다.

yoni ρ

"같이 왔으면 서로 힘들었을 텐데 내가 미리 와서 경험하고 적응하길 다행이다 싶어. 요니야, 네가 영국에 오면 내가 도와줄게. 준비 잘해서 와."

내가 런던에 가면 도와주겠다니 그 말만으로도 든든했다. 마음은 이미 비행기를 타고 런던으로. 하지만 현실은 혹독한 것.

1남3녀 중 셋째딸, 집안의 전폭적인 지원은 불가능했으므로 나는 자력갱생해야 했는데 내 통장 잔고는 잔혹 그 자체였으니. 몇 년간 패션디자이너로 승승장구했어도 남은 것은 철 지난 옷들로 가득 찬 옷장과 카드 명세서뿐. 나는 예쁘고 멋진 게 좋았고 스타일은 포기할 수 없었으니 통장에 월급이 머물 틈 없이 옷, 액세서리, 구두 등의 패션 아이템들을 사모았던 결과였다. 하지만 유학을 가기로 결심한 이상 이전과 같은 소비생활은 힘들었다. 유학 자금을 모아야 했다. 쇼핑은 이제 그만! 유학을 위해 투자를 하자, 나에게.

내 이중생활이 그때부터 다시 시작됐다. 새벽 잠을 줄이고 출근 전에 영국문화원에서 영어 강의를 듣고 출근. 일하고, 퇴근하고 나면 내 개인 디자인 작업을 했다. 새벽 별을 보며 집을 나서면서도 화장과 옷차림은 완벽하게. 회사에서 티를 내고 싶지 않았기 때문이다. 게다가 체력도 중요했으므로 주말에는 당시 '핫'하다는 피트니스 클럽에서 운동도 했다. 나는 모든 걸 완벽하게 해내고 싶었고 어떤 상황에서도 멋지고, 스타일리시하고 싶었다. 새로운 시작을 준비하면서 해야 하는 것과 하고 싶은 것, 아무것도 포기하고 싶지 않았고 실제로도 포기하지 않았다.

케임브리지에서의 어학연수를 마치고 런던으로 왔다. 개강을 몇 달 앞둔 시점이었다. 학교에서는 학교 안의 어학원을 다니는 조건으로 기숙사를 쓸 수 있게 해줬다.

런던에서 생활하면서 내가 가장 먼저 빠져든 일은 쇼핑이었다. 매일 시내 구석구석에 위치한 크고 작은 마켓과 숍에 매료되어 돌아다녔다. 다양한 브랜드와 다양한 스타일의 패션 아이템들이 가득했다. 케임브리지에서 공부했던 반년간 패션과 담을 쌓고 지내던 나였다. 감춰져 있던 본능이 되살아나기 시작했다. 미쳤다고밖에 표현할 수 없을 만큼 옷과 신발, 모자 등을 사들였다.

여러 브랜드 중에서도 특히 '톱숍TopShop'의 옷들에 반해 어느 순간 거울에는 머리부터 발끝까지 톱숍의 아이템으로 두른 내가 보였다. 그뿐이 아니다. 디자이너의 컬렉션 의상부터 손때 묻은 빈티지 의상까지 내 쇼핑의 범위는 무한대였다. 배고픈 줄도 몰랐다. 커피 한 잔으로 끼니를 때우면서 쇼핑을 했다. 기숙사 방에는 한 번도 열어보지 않은 채 처박아둔 쇼핑백들이 쌓여갔지만 나는 멈추지 않았다. 누군가는 손가락질했겠지만 거기에는 나만의 이유가 있었다.

나는 영국, 런던에 둥지를 틀 생각이었다. 그곳에서 초라한 이방인이 아니라 스타일리시한 현지인이 되고 싶었다. 말이 잘 안 통해 기가 죽을 때마다 옷으로라도 보상받아야겠다는 마음도 있었지만, 무엇보다 영국에서 패션디자이너로 살아가려면 이곳의 패션을 이해해야 했다. 현지인이 자주 다니는 쇼핑센터나 숍을 돌아보며 유행의 흐름을 살피고 그들의 스타일과 성향을 체득하는 게 필요하다고 생각했다.

그러고 보면 공부를 위한 일종의 투자였던 셈이다. 영어 공부를 하는 동안 패션과 관련된 모든 것에 눈을 감고 살았으니 감이 무뎌질 수밖에 없었다. 당시로서는 영어 공부를 하면서 패션에 대한 감을 깨울 수 있는 유일한 방법이 그것뿐이었다. 쇼핑은 다양한 스타일들을 내 눈과 머리에 담고 내 스타일을 만들어가는 과정이었고, 하이 스트리트 패션high street fashion에서부터 하이 엔드 패션high-end fashion까지 쇼핑 품목이 늘어갈수록 내 시야도 넓어졌다.

어느 날인가 기숙사 친구들의 얼굴이 사색이 됐는데 내가 고가의 의상들을 해체해놓았기 때문이다. 새 학기를 앞두고 나는 옷장 안의 옷들을 꺼내서 찢고 자르고 붙였다. 나는 그 옷들이 궁금했고 구석구석 살펴보자면 뜯어볼 수밖에 없었다. 흥미로운 패턴들을 잘라보고, 이 옷 저 옷을 변형해보며 새로운 아이디어들을 조합하곤 했다. 다시 감을 익히기 위한 훈련이었다.

yoni ⦿

여름 휴가를 이용해 런던행 티켓을 끊었다. 유학 자금을 모으고 있던 때였지만 건강해진 스티브를 만나고 싶었고 미리 런던을 둘러보고 싶었다. 하지만 런던에 도착했을 때는 떠나올 때의 설렘은 사라졌다. 스티브의 자유로운 생활과 가득 찬 옷장, 세계 각국의 다양한 친구들이 모여 있는 기숙사를 보고 있자니 조금은 위축이 되는 듯했다. 나도 빨리 런던으로 와서 스티브와 같이 공부하고 싶었다.

그러나 부러움과 아쉬움은 금방 사라졌다. 그동안 스티브도 공부하느라 가보지 못했던 런던의 구석구석을 둘이 신나게 돌아다녔으니까. 골목골목 이어진 패션 스트리트, 캠든 타운, 하이드 파크 등을 돌아다니며 여행자로서 자유를 만끽했다.

그리고 며칠 후 스티브와 그리스로 여행을 떠났다. 여행을 떠나기 전 과감하게 브레이즈braids(두피에 머리카락을 붙여서 땋는 레게 머리)로 헤어스타일을 바꿨는데 반응이 최고였다. 까무잡잡한 내 피부에 어울려 이국적으로 느껴졌다. 스티브도 드레드락스dreadlocks(머리카락을 여러 가닥으로 가늘게 땋아 늘어뜨린 레게 머리)를 하고 있을 때였다. 오토바이를 타고 그리스의 산토리니의 해변을 달리는 레게 머리 커플이라니. 누가 봐도 환상의 커플!

지금 생각해봐도 그때의 그 기분은 '자유' 말고는 표현할 방법이 없다. 노을 진 바닷가를 달리다 마음 내키는 바bar에 들어가 들이키는 시원한 맥주, 끝없는 대화, 미래에 대한 꿈과 상상. 반짝반짝한 미래가 머지않아 펼쳐질 거라 믿어 의심치 않았다. 꿈

으로 가득 찼던 그때.

지금까지 여러 나라를 돌아다녔어도 산토리니를 최고로 기억하는 건 아마도 그때의 순수와 꿈꾸던 마음이 거기에 남아 있기 때문인지도.

steve j

첫 수업은 학생이 20명 남짓 되는 남성복 전공 수업이었다. 왠지 모를 긴장감이 밀려왔지만 평정을 되찾기 위해 애썼다.

'비록 떨어지긴 했어도 석사를 지원했다가 2학년으로 편입했으니 어렵지 않게 따라갈 수 있어. 한국에 있을 때 입상한 콘테스트가 몇 개인데. 쇼핑하면서 감도 찾았고 그 옷들로 훈련도 해봤으니 걱정할 거 없어, 괜찮아.'

그렇게 스스로 마음을 다독였지만 그것은 완전한 착각이었다. 수업 시스템 자체가 한국과 전혀 달랐다. 수업이 시작되자 교수님은 종이 한 장씩을 나눠주고 이번 프로젝트에 대해 30분 정도 개괄적인 설명을 하더니, 2주 후 각자 결과물을 가져오라는 얘기를 끝으로 수업을 마쳤다. 그게 그날 수업의 전부였다. 뭘 어떻게 해야 하는지 구체적으로는 얘기해주지 않았다. 나는 당황했다. 프로젝트 스케줄이 쓰인 종이 한 장을 손에 들고 멍하니 서 있었다. 그것 말고 할 수 있는 게 아무것도 없었으니까.

그때까지 나는 옷을 만들 줄만 알았지 콘셉트를 어떻게 잡는지, 옷에 대한 스토리를 어떻게 만드는지 그 과정에 대해 깊이 생각해본 적이 없었다. 어디서부터 시작을 해야 할지 막막했다. 정신을 차리고 보니 한심하기 그지없었다. 도대체 난 한국에 있을 때 뭘 한 거지? 그동안 콘테스트 작업은 어떻게 했던 거지?

일주일을 어영부영 보내고 어떻게든 뭐라도 그려야겠다고 생각했는데 맙소사, 미술 도구가 하나도 없었다. 영어 공부할 때 쓰던 연필이 전부였다. 그동안 런던의 패션문화를 공부하겠다며 쇼핑에 몰두했지만 정작 수업에 필요한 변변한 미술 도구 하나 준비하지 않았던 것이다. 스스로도 황당하다 못해 이해가 안 될 지경이었지만 자책은 그런 순간에 아무 도움도 되지 않는다. 급한 대로 몇 가지를 사서 스케치를 시작했다. 걱정이 되긴 했지만 그래도 처음이니까 봐주지 않을까 하는 얄팍한 마음이었다.

　2주가 지나고 첫번째 프레젠테이션 시간. 충격이었다. 그동안 얼굴 보기 힘들었던 반 친구들이 내보인 결과물은 기막힐 지경. 산에 들어가 혼자 동영상을 찍어온 친구도 있고 스케치를 100장 넘게 해온 친구도 있었다. 친구들이 내보인 결과물에서 각자 자신만의 색깔이 분명하게 느껴졌다. 나는 내 차례가 오기 전에 그 자리에서 당장 사라져버리고 싶었다. 살면서 나 자신이 그렇게 초라하게 느껴진 건 처음이었다. 몇 달 동안의 폭풍 같은 쇼핑 덕에 옷차림은 번드르르했지만, 내 결과물은 가장 볼품없었다. 나는 도대체 뭔가, 이 학생들 중에 나이는 제일 많은데, 대학 4년 내내 꼬박 전공 수업을 받으면서 어떻게 이럴 수 있나. 그런 의문과 자괴감, 상실감에 도망치고 싶었다. 그래도 그럴 수는 없어서 간신히 발표를 시작했고 제대로 마무리도 못한 채 프레젠테이션이 끝났다. 말 그대로 죽고 싶은 심정이었다. 지금도 돌아보면 살면서 가장 창피했던 유일한 순간이 바로 그때다. 영어도 더듬더듬, 작품도 별로, 기술은 보여줄 기회도 없었던 최악의 시간이었다.

　며칠 후 성적표가 공개됐다. 원래 프로젝트가 끝나면 학생들이 자율적으로 체크할 수 있게 성적을 게시하는데, 가서 보니 맨 아래에 내 이름이 있었다. 평균에 한참 못 미치는 점수와 나란히. 별의별 생각이 머리를 스쳤다. 앞으로 나는 세인트 마틴에서 어떻게 될까? 끝까지 잘해낼 수 있을까?

Yoni
in Chechister

yoni 🌸

1월의 런던, 내가 도착했을 때 영국은 비가 부슬부슬 내리고 있었고 서늘한 추위가 옷속을 파고들었다. 내 마음은 기쁨이나 설렘보다 결연했다는 게 좀더 정확하지 않을까? 사표가 수리되고 이틀 후 런던으로 가는 하늘에서 내가 생각한 건 한 가지. 한국에 돌아가게 된다면 딱 한 가지 경우, 무일푼이 돼서 기댈 곳이 하나 없을 때라는 것. 스티브와 마찬가지로 나 또한 영국에서 정착해야 한다고 마음 먹었기 때문이다.

그렇게 몸도 마음도 추운데 몇 달 만에 만난 스티브와도 바로 헤어져야 했다. 나는 스티브의 당부대로 한국 사람이 많지 않은 치치스터Chechister라는 작고 조용한 지역의 어학원에 등록해놓은 상태였고 바로 출발해야 했다. 만나자마자 이별이라더니.

짐을 실어주고 돌아가는 스티브를 뒤로하고 한참 차를 타고 들어선 낯선 동네는 어두웠고 들리는 건 추적추적 내리는 빗소리뿐. 게다가 간신히 찾아간 홈스테이의 노처녀 주인은 어찌나 불친절하던지. 워낙 무뚝뚝한 사람이었지만 내가 늦게 도착한데다, 옷이며 디자인 관련 자료들을 넣느라 엄청난 부피를 차지한 내 짐을 보더니 뜨악한 표정을 했다. 처음 도착해 만난 집주인이 저토록 차가운 얼굴이라니. 안 그래도 긴장한 나는 잔뜩 움츠린 채 내가 쓰게 될 2층 방을 향해 나무 계단을 올라갔다. 발걸음을 내디딜 때마다 삐걱거리는 작은 나무소리마저 무섭게 느껴지면서 끝도 없이 막막해졌다.

'아아, 내가 잘해낼 수 있을까?'

전화 통화를 하던 요니가 울음을 터뜨렸다. 순간 가슴이 덜컹 내려앉았다. 요니는 말 없이 울기만 했다. 무슨 일인지 묻다가 그냥 잠자코 기다리기로 했다.

　　사실 요니는 학교도 지원하지 않은 상태에서 영국에 온 경우였는데, 후에 학교들을 둘러보고 지원할 생각이었다. 그런 점들도 막막했겠지만 무엇보다 요니를 힘들게 했던 것은 경제적인 부분이었다. 며칠 지나지 않아 상상 이상으로 비싼 영국의 물가를 실감했던지 요니는 어학원을 다니는 동안에도 무슨 일을 하든 돈을 벌어야겠다고 결심한 모양이었다. 처음에는 패션과 관련된 일을 하고 싶었지만 치치스터가 워낙 작은 동네이다보니 패션컴퍼니가 있을 리 없었다. 그러면 옷 가게에서라도 일하겠다고 이력서를 냈지만 어떤 가게든 영어가 능숙하지 않은 동양인에게 자리를 쉽게 내주지 않았다. 하지만 포기하지 않고 아르바이트를 찾아다니던 요니는 결국 '피시 앤드 칩스 Fish and Chips'라는 레스토랑에 취직을 하게 됐다. 영국에 도착한 지 5일 만이었다. 대단한 요니, 씩씩하게 잘 지내고 있구나 싶었는데 그런 요니가 울고 있었다.

'내가 지금 뭘 하고 있는 거지?'

　괜찮다고 생각했는데 괜찮지 않았나보다. 스티브의 목소리를 듣자 울컥 눈물이 났다. 벽에 걸린 레스토랑의 하얀 유니폼 위로 불과 열흘 전의 내 모습이 겹쳤다. 한국에서 당당하고 능력 있는 패션디자이너였던 내가 영어를 못해서 홀 서빙도 못 하고 주방에서 감자를 깎고 있다니. 부모님이 학비와 기숙사 비용은 부담해주신다고 했지만 생활비는 어디까지나 내 몫. 돈을 벌지 않으면 영국에서 생활이 불가능했으니 뭐라도 해야 했고 그래서 아르바이트를 시작했던 건데 그날은 내가 처한 현실이 감당이 안 됐다.

　피시 앤드 칩스에서 내 자리는 주방. 감자를 깎고 설거지도 하는 일이었다. 디자인을 공부하러 온 건데 이러고 있어도 될까? 솟구치는 불안과 서러움, 서글픔 그런 감

정들이 뒤섞여 폭풍 같은 눈물이 쏟아졌던 거다. 그래도 한바탕 울고 나니 진정이 됐다. 괜찮을 것 같았다. 스티브가 있어서 다행이었다.

다음 날 출근해서 하얀 유니폼을 입고 어제와 같이 내 일을 시작했다. 내 일 중에서 가장 큰 일은 감자 깎는 일. 큰 양동이에 감자를 가득 담아 첫번째 기계에 부어넣으면 감자가 껍질이 깎여 나오고, 그 감자를 물로 닦아 두번째 기계에 넣으면 주먹만 한 감자가 쪼개져서 총알처럼 튀어나온다. 그러면 다시 쪼개진 감자를 받아 밖으로 내주면 된다. 감자들을 받아내며 웃음이 터져나왔다.

'내 인생에 이런 반전도 있다니! 평생 이런 경험을 또 어디에 가서 하겠어?'

생각해보니 그랬다. 디자인실에서 후배들에게 지시를 하는 디자이너였던 내가 감자 양동이를 들고 서 있는 것이다. 이제는 다 받아들일 수 있을 것 같았고 그렇게 마음 먹고 나니 다 좋았다. 감자도 열심히 나르고 설거지도 뽀드득 소리가 날 만큼 깨끗이 했다. 잘 못하는 영어지만 밝게 웃으며 직원들에게 인사도 건네고 메뉴판도 열심히 외웠다. 그렇게 한 달을 보내니 친구도 생기고 일도 할 만했다. 그리고 어느 날, 사장이 나를 불렀다.

"요니, 홀에서 서빙을 해볼래요?"

홀 서빙! 드디어 주방에서, 하얀 유니폼에서 벗어나게 됐다. 그리고 얼마 지나지 않아 작은 동양여자가 피시 앤드 칩스에서 일하고 있다는 소문이 동네에 퍼졌다. 할아버지 할머니들이 일부러 나를 보러 찾아오기까지 했으니, 이놈의 인기란!

"한국에서 왔다는 그 꼬마 아가씨는 어디 있나요?"

정신적인 충전이 절실했다. 미술관과 도서관에 다니기 시작했다. 창의성을 기르는 데 가장 필요한 것은 예술적인 영감을 충분히 받는 것이었다. 다행히 런던에는 세계적인 미술관과 도서관, 박물관 등이 많았고, 그중에서도 세인트 마틴의 도서관은 최고였다. 나는 그곳에서 닥치는 대로 자료를 찾아보았다. 살아남기 위해서였다.

절박하게 도서관 곳곳을 누비며 예술서적과 화집 등을 살피던 어느 날 보물을 발견했다. 여러 종류의 오래된 패션지가 발행 초창기 것부터 현재 것까지 한데 모여 있었던 것. 수십 년 전의 『보그VOGUE』 첫 장을 넘기는데 그 짜릿함이란. 페이지를 넘길 때마다 주옥 같은 스타일의 향연이 펼쳐졌다. 그때까지 '지금'의 패션에만 관심을 두었지, 패션 히스토리에 대해 알려고 하지 않았던 나는 머릿속에 그 보물들을 채워넣었다.

지나고 안 사실이지만 세인트 마틴은 테크닉만으로는 절대 인정받을 수 없는 학교였다. 그곳은 창의력과 예술적인 감성을 중요하게 여기기 때문에 감각이 없으면 버텨내기 힘들었다. 그리고 그것이 세인트 마틴의 최고의 장점이기도 했다.

도서관을 드나들면서 나는 자신감을 덤으로 얻었다. 또 알고 있던 세인트 마틴 출신의 유명한 디자이너들이 왜 그런 디자인을 했는지 이해할 수 있었다. 그들도 분명이 도서관을 거쳐갔을 터였다. 당시의 컬렉션은 어느 책에서 영감을 받았고, 영감을 받은 방식은 어땠는지 상상이 됐다. 도서관에 가는 것이 쇼핑보다 더 재미있었다. 그리고 학교에 감사했다. 수십 년에 걸친 패션의 역사가 담긴 그 책들을, 잡지들을 고스란히 모아줬다는 사실 하나만으로도 굉장한 일이었으니까. 알고 보니 파리 컬렉션에 등장하는 유명 디자이너도 우리 학교의 도서관을 드나들고 있었는데 어느 패션컴퍼니건 세인트 마틴 출신의 어시스턴트가 있었으므로 가능한 일이었다. 그들도 그곳이 보물창고라는 걸 이미 알고 있었던 것이다.

나는 그 도서관을 이용할 때마다 한국에서 의상 공부를 하는 후배들에게도 그 자료들을 보여주고 싶었다. 물론 불가능한 일일 테지만 그때나 지금이나 세인트 마틴의 도서관을 떠올리면 그런 마음이 든다.

Chic or Freak? Bohemian Fashion

By Shari Last

The fashion conscious are facing a Warholian paradox in the pursuit of the avant-garde in the age of mass-media; trying to look individual and quirky while everyone else is doing the exact same thing. I don't want to look like everyone else, but unless I make my own clothes, it's hard to buy stuff that makes me look individual.

The mis-match (or Miller-Ness) bohemia trend has taken over the High Street and sidewalks. Lacy string tops, baggy three-quarter length trousers, cowboy boots, leg warmers and stilettos. Add a fur tippet, shawl or vintage leather jacket and pile on the eye liner. And you're ready for a typical day at university.

Trying to dress down really does take time. So what's going on? It's not that watching too much TV has noticed our brains, it's more that watching so much TV has made our brains explode. There's 60's chic, 70's groovy, 80's cool, 90's bad hair days and of course the 00's revamp of the 50's. Our new style is exactly like Tarantino's *Kill Bill* – a complete collage of homage.

We can't decide whether to dress like Audrey Hepburn or Bruce Lee so in the end we opt for both. Chuck in a bit of Mary Quant and a pinch of Joan Collins and we have our outfit for tomorrow. And it looks good. We can mix elegance with ripped jeans; rock 'n' roll with Cirque Du Soleil. We could even throw in a little reggae.

Is this Couture New Wave or is it total mass-culture plop? Prague, the former heart of historical Bohemia, can

Travellers' Fashion

Without shelter, people tend to

Unique Fashions

Both hippies and bohemians wore clothing that mocked mainstream culture. Bohemians often wore clothes of different styles with bright colors in order to stand out and mock the bourgeoisie. Hippies borrowed many of their fashion ideas from the bohemians, wearing brightly colored clothes and styles that originated not only from the Parisian bohemians, but also with the gypsies of the Czech Republic.

Bohemians and hippies shared many common traits, including a rejection of the comfortable, bourgeois lifestyle, a need to rebel, a lack of purpose in their lives, and a distinct fashion that mocked the mainstream culture.

find their own way of clothing style

Fantasy

Fire steeples swirl with forg[e]
Watch the ballet of dancing flam[e]
As his dream-steeped eyes
Ember hearts beat and crackle—
In the body of the oak—

Life on the street
"I would ask you: If you were
homeless, where would you go?
What would you eat?

could you endure the trauma of
being suddenly dispossessed?

I'm desperate

Date
26-Apr-2006

Paid In

Balance

-£11.00

-£3.01

치치스터의 큰 공원 안에는 극장이 있는데 그곳의 레스토랑은 유학생들이 가장 일하고 싶어하는 아르바이트 가게였다. 그 레스토랑은 통칭 '시어터Theater'라고 불렸고 워낙 다양한 학생들이 모이기 때문에 치치스터 최고의 문화교류의 장이었다. 나도 어학원 친구들과 이력서를 제출해서 운 좋게도 통과. 벨기에, 독일, 스페인 등 세계 각국에서 온 30~40명의 친구들과 일을 하게 된 것이다. 일은 힘들었지만 친구들과 교대로 일을 하고 극장에서 공연하는 연극도 보며 어울리는 시간은 즐거웠다.

사실 마냥 좋아하기에는 벅찬 하루였다. 9시부터 1시까지 영어 수업, 2시부터 밤 10시까지는 전 시간 근무. 가끔은 영업이 끝나고 새벽 1시까지 추가로 야간 근무를 하기도. 그렇게 할 수밖에 없었다. 런던에서의 생활비는 치치스터를 능가할 테니까. 하루하루가 정신없이 지나가고 있었다.

Y 솔직히 일만 한 건 아니고 놀기도 좀 놀았어.

S 그럴 줄 알았지. 근데 그 작은 동네에 뭐가 있나?

Y 없지. 그러니 브라이튼까지 갔지. 아무래도 해변이니까 그쪽에

　 클럽들이 많잖아? 스무 명 정도 되는 애들이 콜택시 불러서 단체로.

S 스무 명이 한꺼번에?

Y 웃기지? 내가 생각해도 그래. 근데 또 다들 영어는 잘 못해. 단어로

　 더듬더듬 얘기하고 각자 나라가 다르니 억양도 다 다르고.

　 재미있는 건 그래도 이해하는 데 아무 문제 없었다는 거야.

S 다들 상황이 비슷하니까.

Y 응. 의지가 많이 됐어. 지금도 가끔 특이한 억양의 영어를 들으면

　 그때 친구들이 생각나.

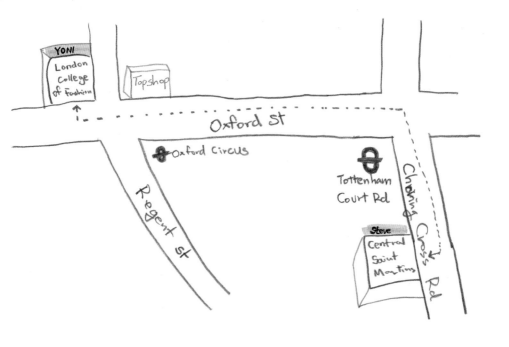

yoni p

"결정했어?"

"응. 런던 컬리지 오브 패션으로 가려고. 나한테는 그게 좋을 것 같아."

학교를 선택해야 할 때가 왔다. 나는 석사 과정을 원했고 내게 주어진 시간과 자금은 넉넉하지 않았다. 일단 스티브가 있는 세인트 마틴은 학사부터 시작해야 했으므로 패스. 다음으로 점찍어둔 '런던 컬리지 오브 패션London College of Fashion'에 도전했다. 사실 스티브와 함께 브랜드를 만들어 활동하게 되면 양쪽 학교의 사람들을 알아두는 게 여러모로 도움이 되겠다는 계산도 있었다.

면접이 있던 날, 준비해둔 포트폴리오를 들고 런던으로 갔다. 한국에서 직장생활을 하면서, 콘테스트를 준비하면서 작업했던 것들을 다시 그리고 모아둔 포트폴리오였다. 자료조사에서부터 진행과정까지 정리해둔, 말하자면 디자이너로서 활동했던 내 모든 시간과 노력이 거기에 담겨 있었다. 게다가 영국에 오기 직전 신진 디자이너 콘테스트를 통과한 이력도 있으니 이 정도면 든든하다 싶었다.

심사를 하는 행정관은 깐깐해 보이는 만큼 유심히 내 포트폴리오를 살폈다. 두근 두근. 잠시 후 그는 이 정도면 석사과정을 시작하는 데 문제 없다며 입학 허가 도장을 찍어줬다.

그리고 뒤이어 바로 패션디자인학과 석사과정 담당 교수인 다란Daran을 만났는데 웬걸, 조금 무뚝뚝해 보이는 교수의 얼굴에 나는 다시 긴장을 했다. 그는 내게 바로 석사 입학 허가를 받을 수 있었던 이유에 대해 물었고 나는 서툰 영어로, 그러나 자신 있게 그동안 쌓아온 실무 경험에 대해 설명했다. 내 이야기를 다 듣고 난 교수는 첫인상과는 다른 온화한 목소리로, 그러나 염려스러운 듯 이야기했다.

"다른 학생들은 학사과정을 영국에서 마쳤어요. 그런데 당신은 처음일 테니 이곳의 전반적인 생활부터 낯설 거예요. 어디에서 재료를 구입하고 어디에서 복사를 하고, 뭐 이런 것들부터 말이죠. 따라가려면 조금 시간이 걸릴 텐데 미리 많이 다녀보고 살펴보면서 익숙해지도록 해요. 도서관이나 박물관을 돌아보는 것도 도움이 될 거예요."

런던에서 치치스터로 돌아온 후 나는 더 바빠졌다. 아르바이트를 하고 어학연수를 받는 틈틈이 주말마다 런던에 와서 이곳 저곳을 돌아보고, 스티브와 도서관에 들러 여러 자료들을 찾아 읽고, 패션숍들을 찾아다니며 나의 감각을 되찾기 위해 노력했다. 슬금슬금 다시 이중생활의 서막이 오른 것이다.

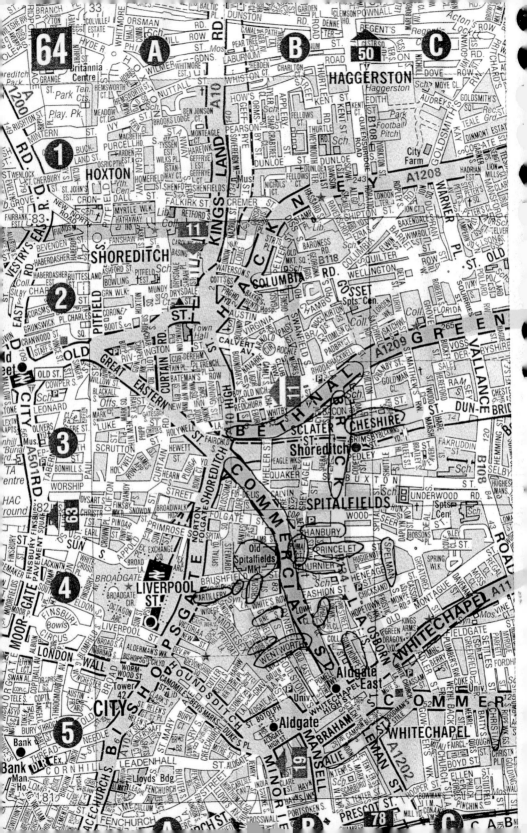

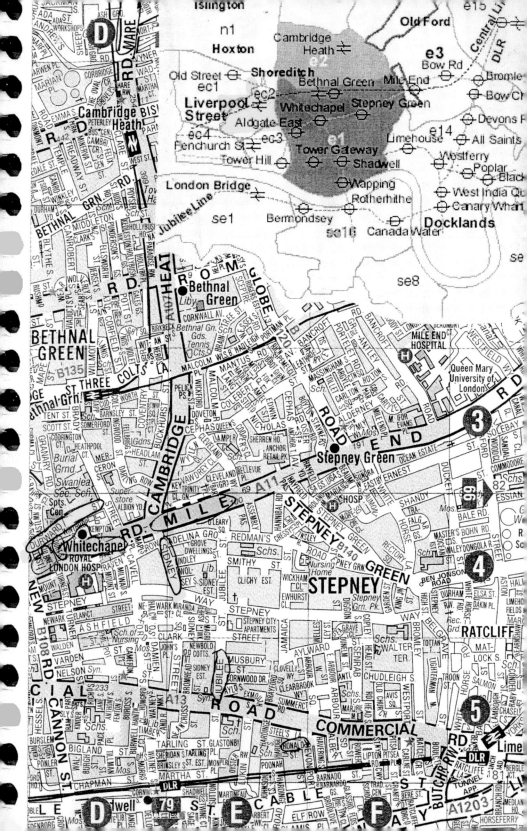

Underground
Memories 2

OXFORD CIRCUS

Print Fabric
+
embroidery

Women's Wear

SCENE 1
Underground Memories 1

Front
`T-shirt + Cape`

Back

Side
- Combined
Cape + T-shirt

pod over
* 3D pattern *

hole

embroidery

pleats

sleveless T-shirt

Cape

embroidery

bros

< Change Form >   cape

⭐ < Pod Accessory >
between Cape and T-shirt

sewing

< before > (inside T-shirt)   < After >
Cape   Y-shirt
(Front) (Back)

Dress

pleats

side seam

hole

hole

hole

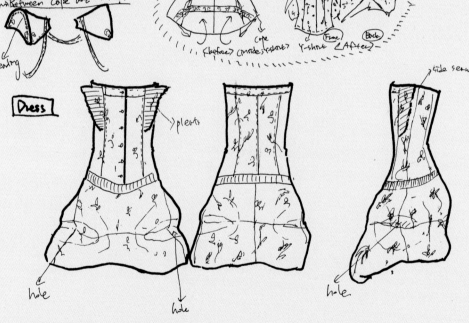

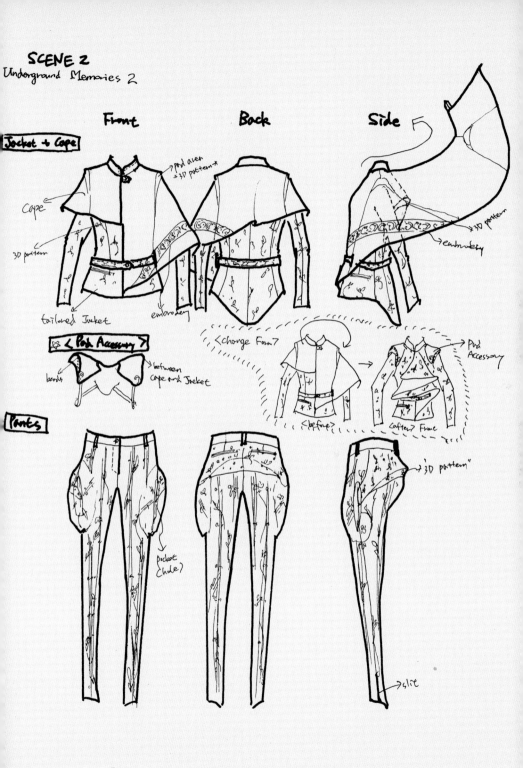

내가 잘났다는 생각은 이미 첫 프레젠테이션에서 깨졌다. 눈을 뜨고 보니 주변의 모든 친구들이 나보다 더 대단해 보였다. 당시 같이 공부하던 친구들을 보며 깨닫고 느낀 바가 컸다.

스페인에서 온 카를로스와 오스트리아에서 온 티오라는 친구가 있었는데 둘 모두 능력 있는 친구들이었지만 스타일이 정말 서로 달랐다. 카를로스는 그림에 천부적인 재능을 가진 친구였다. 따로 그림 공부를 제대로 한 적이 없었는데도 연필을 몇 번 움직이면 순식간에 스케치 한 장이 완성됐고, 순식간에 수십 장의 디자인을 그려낼 정도였다. 나도 나름 한국에서 그림을 그렸고 디자인 스케치도 해왔지만 카를로스의 그림을 보면 내가 한없이 작아지는 기분이었다.

티오는 반대였다. 티오의 스케치를 보면 네모난 얼굴에 네모난 몸, 짧은 팔 다리, 비율이라고는 전혀 신경쓰지 않은 듯한 그림이었는데 그게 전부는 아니었다. 프로젝트마다 기발한 콘셉트로 개성을 드러내는 티오는 그 그림조차 자기만의 스타일로 만들어냈다. 못하는 게 아니라 그건 그의 스타일일 뿐이었다. (졸업 작품전시회 때 자신의 나체 사진을 크게 만들어 런던 한복판에 걸어놓기도 했던 못 말리는 티오는 내가 졸업한 다음 해에 나와 같은 남성복 부문에서 1등을 차지했다.)

카를로스와 티오, 둘 중 누가 더 그림을 잘 그리냐 아니냐가 중요하지 않았다. 각자의 스타일일 뿐. 결국 나만의 스타일, 나만의 것을 만드는 게 중요하다는 얘기다. 후에 요니와 브랜드를 만들게 되면 다른 누구를 좇는 게 아니라 우리가 좋아하는 것, 우리 개성을 드러낼 수 있는 걸 만들어야 한다는 사실을 깨달았다.

또 한 명의 인상적이었던 친구, 엔젤. 그녀는 언제나 파격적인 헤어스타일과 옷으로 우리를 놀라게 했다. 어디서 저런 옷을 사입을까 했는데 알고 보니 모두 자기가 직접 만든 옷이었다. 게다가 정말 돈 안 쓰기로도 유명했는데 생각해보면 그럴 수밖에 없었다. 유럽 지역 학생들은 다른 지역 유학생들에 비해 학비가 3분의 1 정도 저렴하다. 그럼에도 대부분 부모로부터 독립하고 온 경우라 모든 걸 본인의 힘으로 해결해야 하는데, 수업과 과제에 들어가는 비용만으로도 벅찰 지경이었으니 가능한 한 공부 이외에 들어가는 지출을 피해야 했다. 그만큼 인턴 활동도 적극적으로 할 수밖에 없었다. 패션계에서 유명한 디자이너가 된 크리스토퍼 섄넌이라는 친구도 늘 한 시간이 넘는 거리를 걸어다녔다. 삐딱한 시선으로 보면 부끄러울 수도 있고 돈이 없다는 자격지심이 생길 법도 한데 전혀 그렇지 않았다. 오히려 당당했다. 나는 그게 좋아 보였다.

나보다 나이가 어려도 배울 게 많은 친구들이었다. 인정할 수밖에 없었다. 가난해도 꿈이 있어 당당했고, 자유로우면서도 엄격하게 자신의 패션 세계를 구축하고 있는 친구들. 새벽까지 신나게 놀다가도 다음 날 40장씩 스케치를 해오던, 프로젝트가 시작되면 돌변해 자신만의 작품을 완성해오던 그 친구들. 나도 뒤처질 수 없었다.

좋아, 다시 전력질주다.

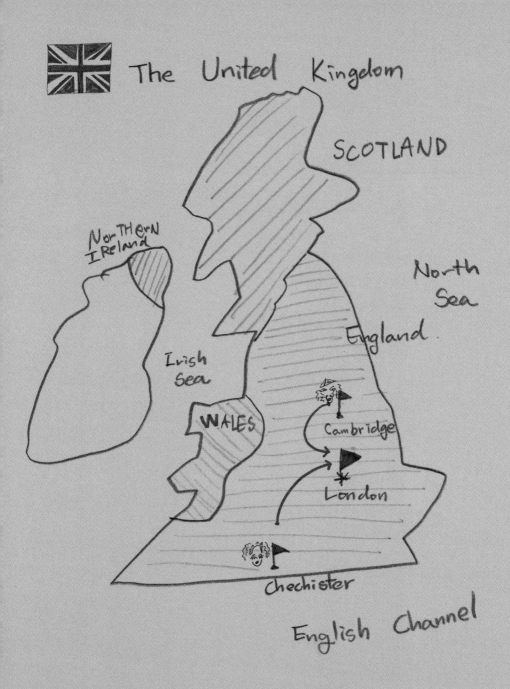

The United Kingdom

SCOTLAND

Northern Ireland

North Sea

England

Irish Sea

WALES

Cambridge

London

Chechister

English Channel

드디어 런던! 이곳의 기숙사는 유니버시티 오브 디 아츠 런던University of the Arts London 소속의 여섯 학교(센트럴 세인트 마틴스 컬리지 오브 아츠 앤드 디자인, 런던 컬리지 오브 패션, 챔버 컬리지 오브 아츠Chamber College of Arts, 첼시 컬리지 오브 아트 앤드 디자인Chelsea College of Art and Design, 런던 컬리지 오브 커뮤니케이션London College of Communication, 윔블던 컬리지 오브 아트Wimbledon College of Art) 학생들 모두가 사용할 수 있도록 런던의 몇 지역에 흩어져 있었다. 스티브와 학교는 달라도 같은 소속이므로 스티브의 기숙사와 멀지 않은 곳으로 선택했다. 어느 곳이든 전에 봤던 스티브의 기숙사와 크게 다르지 않을 거라고 생각했는데 웬걸.

기숙사 건물에는 층마다 일곱 개의 방에 여러 분야의 예술 전공을 하는 친구들이 살고 있었는데, 일정 부분 공동생활을 해야 했다. 그런데 창작의 고통 때문인지 아니면 자유분방해서인지 대부분의 기숙사생들이 대마초를 피웠고 그 바람에 복도에는 대마초 냄새가 진동했다. 심각할 정도는 아니었지만 나에게는 엄청난 문화적 충격이었다. 밤마다 기숙사에 울려퍼지는 록 음악, 새벽까지 술을 마시고 돌아다니는 친구들. 조금 당황스럽긴 했지만 기숙사 생활이 싫은 건 아니었다. 알고 보면 그저 나와 생활 스타일이 조금 다를 뿐 모두들 나와 함께 공부하는 친구들이었으니까. 무엇보다 치치스터에서의 생활을 기억해보면 나만의 작업 공간이, 공부할 수 있는 공간이 생겼다는 것이 좋았다.

때로 무언가를 꾸준히 열심히 하다보면 뜻하지 않은 곳에서 행운이 따르는 것 같다. 되돌아보면 내가 편하고 좋아서 했던 일이고 조금은 미련스럽기도 했던 작업인데 인연을 만들어줬고 운으로 작용했던 일이 있었다.

학교를 다니던 당시 나는 나름의 규칙을 만들었다. 등하교는 자전거로, 아침에는 영어학원, 8시에 학원 수업이 끝나면 1.5리터 생수 한 병과 커다란 크루아상 하나를 사서 바로 학교로. 그리고 가장 중요한 것은 작업은 무조건 학교에서 한다는 것.

사실 학교 시스템 상 매일 학교에 가지 않아도 됐다. 프로젝트가 시작되면 어디서 뭘 하든 상관 없이 과정과 결과만 확실하게 만들어오면 됐기 때문이다. 실제로 학교에 자주 나오지 않는 친구들이 많았다. 하지만 나는 비싼 학비를 내고 다니는데 수업이 없다고 학교에 가지 않는 게 왠지 아까웠다. 꼭 그 이유가 아니더라도 한국에 있을 때 학교에서 먹고 자며 작업하던 버릇 때문인지 학교에 있는 게 편했다. 그래서 심지어 방학 중에도 특별한 일이 없는 한 학교에 나갔다. 학교에서는 계절학기 학생들이 있다고 수업이 없으면 나오지 말아달라고도 했지만 나는 몰래 교실 뒤편에서 작업을 했고, 수업이 시작되면 미안하다고 양해를 구했다. 남들은 이상하다 여겼을 테지만 나는 그게 편하고 좋았다.

그런데 매일 학교에 나오는 동양인 학생이 눈에 띄지 않을 수 없는 일이다. 나 역시 매일 마주치는 사람들을 모를려야 모를 수 없었으니 교무처 교직원, 여름학기 강의하는 교수님, 수위 아저씨까지 두루두루 친해졌다. 내 수업과 관계 없는 데이비드 카퍼 교수와도 알게 됐는데 그게 결정적인 인연이 됐다.

그는 금발로 염색한 아프로 머리의 흑인 교수로 화려한 스타일이 눈에 띄는 사람이었고 텔레비전 스타일링 프로그램에 출연하는 스타 선생이기도 했다. 여성복 수업을 담당하고 있어서 알 기회가 없었는데 그렇게 열심히 학교에 다닌 덕분에 인사를 주고받는 사이가 된 것이다. 그는 종종 내가 작업하는 걸 봐주기도 했다. 내 능력을 본건지 아니면 매일 학교에 나와 작업하는 성실성을 높이 산 건지 모르겠지만 그는 개인 브랜드를 낼 때 내게 도와달라고 요청을 해왔다. 그건 흔치 않은 일이었는데 나는 그 덕분에 어시스턴트로 일을 하면서 다른 디자이너들이 작업하는 과정이나 브랜드를 만드는 과정 등 여러 가지를 가까이에서 살펴보고 배울 수 있었다.

훗날 요니와 내가 우리 브랜드를 만들었을 때 PR 회사를 소개시켜주고 컬렉션을 위해 필요한 사람들을 연결해줬던 사람이 바로 데이비드 카퍼 교수다. 매일 아침 학교에 가는, 특별할 것 없는 생활이 뜻밖의 인연을, 선물을 안겨준 것이다.

yoni

'Let me introduce myself, my name is yoni! Um······'

　도대체 무슨 말을 해야 하지? 다란 교수를 중심으로 모여 앉은 열다섯 명 정도의 학생들 사이에서 얼마나 긴장이 되던지 머릿속은 새하얗고 식은 땀만 줄줄. 내가 속으로 혼잣말을 되뇌고 있는 사이 학생들이 자기 색깔을 드러내며 소개를 시작했다. 다들 대단해 보였지만 그중에서도 줄리아는 정말 최고였다. 독일에서 온 친구였는데 오래된 초상화에서 튀어나온 듯 목까지 올라온 고딕 스타일의 드레스, 붉은 머리칼, 진한 아이라인, 뮤지컬을 하듯 감정이 듬뿍 묻어나는 말투. 정말 굉장했다. 말솜씨가 좋았던 일본과 영국 혼혈의 게이 조지, 베트남과 중국 혼혈로 맨체스터 출신의 명확하면서도 화려한 억양을 자랑하던 메리, 그들에게 절대 뒤처지지 않는 개성의 한국 유학생 수이 등 다양한 인종과 국적의 친구들의 소개로 첫 시간이 끝났다. 물론 얼마 지나지 않아 다들 친해졌지만 그때만 해도 나는 영어 실력도 부족하고 내가 너무 평범한 것 같아서 자신감이 순식간에 바닥으로 내려앉았다. 이 친구들 사이에서 어떻게 내 존재감을 드러내지?

　없던 자신감을 만들어내기는 어렵지만 작아진 자신감은 키우면 될 일. 솜사탕처럼 가볍게, 즐겁게, 신나게 키워야지. 그대로 웅크리고 있는 건 나답지 않았다. 전 재산 1백만 원 중 절반 가까이를 털어 스티브를 끌고 캠든 타운으로 달려갔다. 온갖 특이하고 빈티지한 패션스타일을 만날 수 있는 캠든 타운, 거기에서도 헤어아트를 전문으로 하는 헤어숍을 찾아갔다. 주인 아저씨의 형형색색 양 갈래로 쭉 뻗은 헤어스타일도 범상치 않아 보이고 왠지 믿을 만했다.

　시간이 흐르고 아저씨의 손을 거쳐 곱슬곱슬 까맣고 동그란 구름이 내 머리 위에 얹혔다. 마치 내 자신감이 퐁 부풀려진 것만 같았달까? 동양인 머리카락으로 이렇게 예쁜 곱슬이 나오기 힘든데 정말 '흑인'처럼 잘 나왔다며 좋아하는 아저씨나, 잘 어울린다고 엄지를 치켜드는 스티브의 모습이 아니더라도 내 마음에 쏙 들었다. 나는 이제 '아프로 요니'다!

다음 날 학교에 간 나를 본 조지와 그의 파트너 제임스의 반응은 이랬다.

"오, 요니! 네 미니어처 같은 아이가 있었으면 좋겠어!"

yoni ṗ

내 자신감은 하늘로, 내 재정 상태는 바닥으로. 돈이 떨어졌다. 과제를 할 때마다 시작부터 끝까지 모든 과정을 자료로 남겨야 했다. 어디서 영감을 받았는지, 그걸 어떻게 구현해나가는지 모든 걸 시각화해야 했으니 참고자료로 사는 책값, 복사비, 재료비가 만만치 않을 수밖에. 당장 생활비도 위태로운 지경이 됐고 나는 이러다 한국으로 돌아가야 하는 건 아닌지 불안해졌다. 두 손 놓고 있을 수는 없으니 일자리를 구해야 했다. 런던에 왔으니 가능하다면 이번에는 꼭 디자이너로 일을 하고 싶었다. 내가 가장 잘할 수 있는 일을 하고 싶었다. 문제는 단 하나. 그런 일자리 찾기가 정말, 너무 어려웠다.

영국은 디자이너로 취업하기가 정말 어려운 도시다. 큰 패션디자인 회사가 없어서 인턴으로는 몰라도 정식 직원으로 일하고 싶은 사람들은 파리나 뉴욕으로 떠나거나, 아니면 자기 브랜드를 만드는 게 현실이다. 그걸 모르는 건 아니지만 쉽게 포기하지 않는 나는 웹사이트를 샅샅이 살펴며 디자인 회사를 찾았다.

어쩌면 그런 결심을 한 데에는 학교의 수업방식도 한몫했다. 처음 1년 강의계획표를 받았는데 수업은 없고, 일주일에 한 번 교수를 만나 그동안 자신이 진행한 결과물을 보여주고 가이드를 받으면 되는 커리큘럼이었다. 학교에는 재봉실, 원단 프린트실, 자수실 등 옷을 만드는 데 필요한 장소와 장비, 모든 것들이 갖춰져 있었다. 학생들 스스로 아이디어를 개진하면서 그 시설들을 이용해 실제 옷으로 만들어내는 것이 수업이었다. 그러니 딴에는 내가 좀더 열심히만 하면 일을 한다고 해서 수업에 지장을 줄 것 같지는 않았던 것이다. 학교 안에 있는 잡 센터job center에 이력서 적는 법이 자세히 나와 있어서 양식에 맞게 서류를 준비할 수 있었다. 하지만 친구들은 괜히 시간 낭비하지 말라며 말렸고 심지어 코웃음을 치는 친구들도 있었다. 말했듯이 그런 일

자리도 드물뿐더러 영국의 디자인 회사에서 한국인이 일한 경우가 단 한 번도 없다고. 게다가 영국의 회사는 외국인을 직원으로 고용하면 추가 세금을 내야 하기 때문에 외국인을, 그것도 동양인을 고용할 리가 없다는 것도 불가능하다고 말하는 이유 중 하나였다.

"아르바이트로 허드렛일이라면 모를까, 디자이너로?"

"요니, 미안한 얘기지만 그건 절대, 절대 불가능해. 포기하는 게 좋을 거야."

안다. 그게 사실이라는 것도, 친구들의 마음도. 하지만 나는 벼랑 끝에 선 상황, 물러설 곳이 없으니 앞으로 나아가는 수밖에. 여기서 포기한다는 건 한국으로 돌아가야 한다는 의미였으므로. 결국 간신히 찾아낸 세 곳의 회사에 이력서를 제출했다.

steve j

내가 할 수 있는 거라곤 요니를 믿어주는 것뿐. 나는 요니에게 말했다. 너라면 할 수 있다고, 그동안 만들어온 너의 포트폴리오라면 누구나 함께 일하고 싶을 거라고. 그동안 전례가 없었다는 건 너 정도의 실력을 가진 사람이 없었던 탓일 거라고.

"스티브! 메일이 왔어! 면접 보러 오래!"

이력서를 제출했던 한 회사에서 연락이 왔다. 정말 벼랑 끝에서 떨어지기 직전에 눈앞에 던져진 밧줄 같았다. 그게 썩은 줄인지 아닌지 판단할 겨를이 어디 있겠어? 일단 잡고 보는 수밖에.

나는 아프로 머리에 가장 멋진 옷을 차려 입고 그동안 만들었던 옷들과 한국에서 가져온 포트폴리오를 모두 챙겨 면접 장소로 향했다. 회사는 하이 엔드high-end 레이블이라서 그런지 면접도 우리나라의 청담동쯤 되는 나이츠브리지Kinghtsbridge와 사우스 켄싱턴South kensington 사이에 위치한 고급 호텔의 로비에서 치러졌다. 면접관은 둘, 금발의 러시아 미녀 사장과 모델 출신의 마케터가 나란히 앉아 있었다. 장소나 두 사람의 화려한 분위기에 눌려 긴장감이 배가 됐다. 그들은 심드렁한 태도로 작고 왜소한, 잔뜩 긴장한 동양여자를 바라봤다. 엄청난 미모와 파란 눈의 얼음 같은 시선에 어찌할 바를 몰랐지만 그렇게 움츠러들 내가 아니었다. 나는 마음을 가다듬고 좀 서투르지만 자신 있게 내 소개와 한국에서의 활동, 현재 학교에서 하는 프로젝트까지 설명을 쭉 해나갔다. 가져간 옷들은 내가 직접 입어 보이면서 내가 할 수 있는 한 내 디자인과 내가 만든 옷들에 대해 열심히 설명했다.

의자에 등을 기대고 앉아 무심히 바라보던 그들이 자세를 고쳐 앉았고 눈빛이 조금씩 달라졌다. 신경이 곤두섰다. 곧 사장이 옷을 살펴보더니 말했다.

"요니, 당신 옷을 이 친구에게 입혀보겠어요?"

심장이 튀어나올 것처럼 뛰었다. 모델 출신의 마케터가 직접 내 옷을 입고 워킹을 해보고는 마음에 드는 눈치. 이거, 왠지 잘될 것 같은데?

요니에게 면접 현장의 분위기를 들었을 때만 해도 당장이라도 연락이 올 것 같았는데 사흘이 지나도록 전화는 오지 않았다. 내 기분이 이렇게 착잡한데 당사자인 요니는 더 했을 것이었다. 결국 안 되는 건 안 되는 거였나? 절박함이 절망으로 바뀌어갈 때쯤 굳게 닫힌 듯 보였던 문이 열렸다. 포기 상태에 이를 무렵 한 통의 전화가 걸려온 것이다. 면접을 봤던 회사였다. 일주일 동안 50명 가까이 면접을 봤지만 요니가 가장 마음에 들었다고, 계약을 할 테니 찾아오라는. 기다리고 기다리던 소식이었는데 정말로 연락을 받으니 요니도, 나도 믿을 수가 없었다.

그건 정말 전례가 없던, 대단한 일이었다. 그 누구도 가능성을 믿어주지 않았던 일이 실제로 일어난 거였으니까. 영국의 디자인 회사에 졸업도 하지 않은 학생이, 아르바이트도 인턴도 아니고 디자이너로, 그것도 동양인이? 게다가 여성복 라인의 헤드 디자이너로 취직을 했다고? 당시 런던의 패션 시장을 아는 사람이라면 결코 믿을 수 없는, 기적 같은 일이었다.

S 내가 또 놀랐잖아.

Y 왜?

S 붙여준 게 어디야, 할 만도 한데 너 임금협상까지 했잖아?

Y 아, 맞다!

S 시간당 얼마였지? 10파운드?

Y 응. 근데 6파운드 더 달라고 했어.

한국에서 경력이 있었으니까. 일단 그 조건으로 한 시즌 일해보고

다시 얘기하자고 했지.

S 얼마나 황당했을까.

Y 왠지 될 것 같았거든.

S 아무튼 넌 정말.

Yoni becomes head designer for British label

yoni ♫

"다란, 키사Kissa라는 패션컴퍼니에 취직을 했어요. 다음 런던 패션위크에서 브랜드 런칭을 할 건데 내가 여성복 디렉팅을 하게 됐고요. 공부와 일을 병행해야 할 것 같아요."

깜짝 놀란 다란 교수는 토끼처럼 동그란 눈을 하고 말을 하지 못했다. 내가 하는 말이 진짜인지 아닌지 반신반의하는 눈빛. 하지만 잠시 생각하는 듯하더니 대답은 간단했다.

"두 가지를 병행하는 건 힘들겠지만 열심히 해봐요. 학교에 자주 오지 못해도 괜찮아요."

졸업한 학생들이 이루려는 목표를 이미 이룬 것이니 할 수 있는 만큼 기량을 발휘해보라는, 다란 교수 나름의 격려였다.

영국에 있는 패션스쿨의 학생들 대부분이 패션컴퍼니에 취직을 하기 위해 고군분투한다. 하지만 영국 패션 산업의 구조적인 문제 때문에 취업은 하늘의 별 따기. 유럽의 패션마켓은 대단하지만 영국은 상대적으로 큰 기업이 많지 않아서 취직은 어렵고 갓 졸업한 학생을 받아주는 곳은 더더욱 드물다. 그래서 자기 브랜드를 내기도 하지만 그 또한 쉽지 않다. 브랜드를 낸다고 해도 유지가 어렵기 때문. 큰 기업이 아니니 상품을 소량생산해야 하는데 그걸 가능하게 해줄 중소규모의 공장들이 드물기 때문이다. 그러다보니 1, 2년 만에 문을 닫는 소규모 브랜드가 넘쳐난다. 신진 디자이너에 대한 시선이 열려 있고 교육 환경은 어느 곳보다 훌륭하지만 정착해 역량을 키우기에는 어려운 곳이 바로 영국이다. 이런 상황에서 동양인이? 그건 정말 몇 배로 어려운 일일 수밖에. 그런데 내가 패션컴퍼니에, 그것도 헤드디자이너로 취직이 된 것이었으니 교수 입장에서는 놀랄 만도 했다.

나는 월요일과 화요일은 다란을 만나러 학교로, 나머지 수요일에서 토요일까지는 회사에 출근했다. 할 수 있다면 100퍼센트 학교에서 공부를 하고 싶었지만 우선 현실을 받아들이기로 했다. 그때부터 나의 이중생활이 다시 시작됐다.

SPY·ДИЗАЙНЕР

Киса и Майя были здесь

Увековечить себя, воспользовавшись летописью времен, решили русские дизайнеры в Лондоне. Рождение новых героев наблюдал Саймон Чилверс.

Y·ДИЗАЙНЕР

"요니 이번 주말에 이탈리아에 다녀와야겠어요. 드레스 메이커를 만나서 우리 디자인으로 드레스 제작이 가능한지 좀 알아봐요."

"이번 주말이요?"

"무슨 문제가 있나요?"

"아, 아뇨. 다녀올게요."

　

키사에 입사하고 첫 출장. 대답은 했지만 나는 잠시 공황 상태. 이런, 이번 주말은 안 되는데, 월요일에 다란에게 제출할 과제를 해야 하는데. 다란에게 이번 주 내내 바빴고 주말에 출장이 있었다고 이야기하면 이해해줄 수도 있겠지만 그건 꼭 변명처럼 느껴져서 정말 싫었다. 나는 이 회사의 헤드디자이너이기도 했지만 엄연히 학생이기도 했으니까. 핑계는 대고 싶지 않은데. 머릿속에서 디자이너 요니와 학생 요니가 뒤죽박죽. 급한 불부터 끄자. 일단 닥친 일부터.

드레스 메이커에게 전달할 내용과 자료들을 꼼꼼히 준비해서 그 주말에 이탈리아행 비행기에 올랐다. 첫 출장인 만큼, 그리고 학생이 아니라 프로로서 가는 출장인 만큼 긴장과 설렘이 컸다. 내가 만나야 할 드레스 메이커는 이탈리아에서 알아주는 장인이었다.

드레스 메이커와 만나기 전에는 엄청 긴장을 했지만 막상 만나서 이야기를 시작하자 거침없이 우리의 디자인 방향과 조건들을 설명해나갔다. 하나의 옷을 만들고 상품으로 생산하기 위해 의견을 맞춰나가는 그 순간들은 얼마나 짜릿한지! 또 패션 업계의 다양한 이야기들을 접할 수 있는 기회가 되기도 했다. 이를테면 구찌, 베르사체, 로베르토 카발리 같은 명품 브랜드라도 수익을 맞추기 위해 중국 공장에서 1차 작업을 하고 이탈리아 공장에서 마무리 작업을 한다는 등의 실무적인 이야기들, 현장이 아니면 절대 알 수 없는 정보들. 그건 산 공부나 마찬가지였다. 여태 디자인만 할 줄 알았지 그것을 판매하기 위해 상품으로 만들고 유통시키는 과정에 대해서는 알 수가 없었으니까. 내가 그런 일들을 하고 있고 배우고 있다는 게 뿌듯했다. 그러나 언제까지 기뻐하기만 할 수는 없는 일. 일을 마치고 런던행 비행기에 올라타자 학생으로서 해야 할 일들이 떠올랐다. 온몸은 녹초, 하지만 시간은 없고. 결국 오늘밤도?

다음 날 아침, 나는 밤새 작업한 과제를 품에 안고 243번 버스를 타고 학교를 향해 가고 있었다.

그날도 늘 그렇듯 학교에서 혼자 작업을 하던 중이었다. 나는 이번 과제에서 밀리터리 실루엣의 딱딱한 느낌은 살리되 부드러운 저지 소재를 써서 독특한 느낌을 내고 싶었다. 그리고 안감처리에 좀더 신경을 썼다. 진짜 좋은 옷들은 안감처리에서 차이가 나는데 그건 폭풍같이 쇼핑을 해댈 때 다양한 옷들을 보며 느낀 점이었다. 학생들은 판매하는 옷을 만드는 게 아니라서 아무래도 그 부분에 신경을 덜 쓰곤 하는데 나는 그 부분까지 완벽하게 만들고 싶었다.

NeiL
young

8등신 미남

런던 바가지 머리 1호 남

목이 길다

그리고 이번 프로젝트는 옷을 만드는 것뿐만 아니라 옷 스타일에 맞는 모델을 직접 섭외해서 옷을 입혀야 했다. 그때가 모델 섭외 때문에 고민을 하고 있을 즈음이었는데, 마침 바가지 머리에 검은색 후드를 뒤집어쓴 학생이 작업실로 들어왔다. 무의식적으로 나도 모르게 눈길이 갔다. 중성적인 묘한 매력이 있었다. 체구가 좀 작은 듯했지만 내 옷과 잘 어울릴 것 같았다. 사이즈는 그에게 맞춰 수정하면 될 일이었다. '저 친구를 잡아야겠다!' 처음 보는 친구인데도 다짜고짜 모델을 제안했고, 다행히 그는 내 제안을 수락했다. 이름이 '닐'이라는 그 친구는 같은 학과 학생이었고 학년은 나보다 하나 아래였다. 그렇게 디자이너 스티브, 모델 닐의 짝이 만들어진 것이다. 이후 닐은 요니와도 친해지면서 영국 생활의 많은 부분을 함께한 친구가 됐고 내 디자인의 뮤즈가 됐다.

yoni 요

"세상에! 도대체 이게 무슨 파티야? 스티브, 저 사람들 좀 봐!"

스티브와 나는 정말 입을 다물 수가 없었다. 그 파티에 온 사람들 중에서 정상적인, 그러니까 차림새가 평범해 보이는 사람은 아무도, 정말 아무도 없었으니까. 완벽한 게이샤 분장에 부채를 든 사람, 온몸에 전깃줄을 감고 전구를 번쩍이며 나타난 사람, 눈을 뗄 수 없을 만큼 파격적이고 충격적인 패션피플들이 한데 모여 있었다. 정말 도대체 이게 무슨?

영국을 떠날 생각이 없던 시절, 나는 영국 현지 문화를 제대로 알고 받아들이고 싶었다. 런던에서 뿌리를 내리고 살 생각이었으니 평생 살려면 이방인이 아니라 현지인으로, 아웃사이드가 아닌 인사이드에서, 이왕이면 중심이 돼 살아야 한다고 생각했다. 그리고 그러기 위해서 패션만큼이나 영국인들의 스타일이나 문화 등을 제대로 아는 게 중요할 것 같았다.

게이였던 닐과 친해지면서 닐의 파트너인 지오와도 금세 친구가 됐고 우리 넷은

자주 어울려 다녔다. 서로의 집을 드나들고 뮤직 페스티벌을 찾아다니고 가끔은 닐의 스코틀랜드 집에 초대받아 여행을 떠나기도 했다. 런던 현지인들이 하는 일들을 해보고 일상을 같이 즐기면서 영국의 문화와 그들의 감성이 내게 흘러들어왔다. 그렇다고 해도 이 파티는 정말 예상치 못했던 것이고 할려야 할 수도 없었던 것이다. 마치 꼭꼭 숨겨져 있던 비밀의 방에 들어선 것 같은 기분?

닐과 지오가 데려온 이 파티는 비공식적인, 비밀스러운 소셜 패션파티로 일명 '안티소셜클럽Anti Social Club'이라고 불렸다. 요즘은 '붐박스Boombox'라는 패션클럽이 유학생들 사이에서 인기가 많은 걸로 알고 있는데, 이 파티는 그보다 더 폐쇄된, 소수의 패션피플들을 위한 모임이었다. 영국의 궁극의 패션피플들이 주축이 되어 한 달에 한 번 이스트런던East London의 폐건물, 공장, 클럽 등에서 여는데, 언제인지도 알 수 없고 간판도 없는 곳에서 열린다. 정말 아는 사람들을 통해서만 소식이 전해지는, 그래서 그들을 통하지 않으면 절대 찾아갈 수 없는 그런 파티였다. 닐과 지오는 워낙 눈에 띄기 때문인지 다양한 패션피플들을 알고 있었고 그 파티에 초대받은 닐과 지오를 통해서 나와 스티브도 함께 참석할 수 있었던 것.

거기에서 내가 본 모든 사람들은 사회가 용인하는 선 안에서 가능한 자신의 개성을 온몸으로 드러내고 있었다. 그들은 자유롭고 즐거워 보였으며 무엇보다 당당해 보였다. 그건 타인의 시선으로부터 벗어난, 보편적인 아름다움을 넘어선 그들만의 아름다움이었다. 그것으로 충분한 것 같았다.

영국을 떠날 때 지오가 선물해준 작품

Chapter 3
East London, Foulden Terrace

Steve Yon
Studio for
TopShop
Samsung
Fashion &
Design Fund

East London,
Foulden Terrace

yoni p

2006년 늦은 봄, 내 상황이 좀 나아지면서 우리 둘의 브랜드를 생각했는데, 그러기 위해서는 좀더 넓은 공간이 필요했다. 과제 하나만 해도 침대며 바닥 할 것 없이 원단과 패턴 등으로 가득 차는 기숙사에서 더 큰일을 도모하는 건 불가능했기 때문. 스티브와 나는 작업실을 구하기로 했다. 기숙사에서 지낼 때보다 비용은 더 많이 들겠지만 계산해보니 생활비는 스티브와 나눠 부담하고 또 절약하면 충분히 가능할 것도 같았다. 마음은 이미 정해졌다. 대신 조건은 비싸지 않아야 할 것, 작업과 생활을 병행할 수 있을 만큼의 공간이어야 할 것, 스튜디오로 사용이 가능해야 할 것. 그리고 가능한 특색 있는 지역으로. 마음이 이미 저만치 달려가고 있었다.

"스티브! 우리 작업실을 구하자!"

"그래야지. 근데 언제쯤이 좋을까?"

"지금, 당장!"

예술 작업을 하는 사람들은 대부분 넓은 작업 공간을 원한다. 그러나 런던 중심가의 집 시세는 가난한 예술가가 엄두조차 내볼 수 없었다. 그래서 모여든 곳이 이스트런던 이었다. 지하철과 버스를 타고 한참 들어가야 하지만 꿈이 있고 청춘이 있어 가난쯤은 견딜 수 있는 젊은 아티스트들이 모여드는 곳.

이스트런던은 공장, 마구간 등을 개조한 스튜디오형 건물이 많았다. 우리에게는 딱이었다. 부동산 주인이 소개해준 세 곳 중 첫번째로 본, 폴든 테라스Foulden Terrace에 위치한 집이 제일 마음에 들었다. 오래전에 마구간으로 쓰였던 곳이라고 했다. 그 집은 1층 입구 전면이 열리는 것부터 우리를 매료시켰다. 빈티지하면서도 따뜻한 느낌도 마음에 들었다. 널찍한 1층의 공간은 작업실과 스튜디오로, 2층은 생활 공간으로 쓰면 좋을 것 같았다. 욕실에서 천장을 쳐다보면 하늘이 보였다. 한 바퀴 돌아보는데 머릿속에 어디에 뭘 둘지, 어디를 어떻게 사용할지 그림이 그려졌다. 처음 계획했던 예산을 조금 초과해야 했지만 두 번 고민하지 않고 과감하게 결정을 내렸다. 그 집이라면 앞으로의 일들은 다 잘될 것만 같은 느낌이었다.

그곳에서 브랜드 'Steve J and Yoni P'가 탄생했다. 기숙사를 나와 이사한 후 요니와 서로 일이 끝나면 집으로 돌아와 머리를 맞대고 우리 브랜드에 대해 논의하고 아이디어를 내고 디자인을 하고 옷을 만들었다. 누구도 알아봐주지 않았지만, 컬렉션에

나가는 것도, 바이어들에게 보일 기회도 없었지만, 그래도 했다. 머지않은 날에 이루어질 일들이라는 믿음 하나로.

yoni p

커다란 대문 앞마당에 색색의 꽃을 심고 화분들을 놓았다. 1층 작업실에는 테이블을 사다가 흰색 페인트로 칠했다. 시간이 지나면서 그 테이블 위에는 우리의 아이디어와 메모, 디자인을 하고 옷을 만든 흔적들이 고스란히 남겠지? 볕이 좋은 날엔 창을 넘어 들어오는 햇빛에 하얀 테이블이 반짝거렸다. 그 자리는 우리 집에서도 '창의력발전소'였다. 이사를 하고 대부분의 시간을 테이블 앞에서 보냈다. 그 테이블에서 작업을 하다 보면 금방이라도 컬렉션을 하고 우리 옷을 세상에 내보일 수 있을 것 같은 기분이었달까?

게다가 그 집이 더욱 매력적이었던 또 다른 한 가지, 집 근처 콜롬비아 로드 Colombia Road에서 일요일마다 열리는 꽃시장! 회사 일과 학교 과제로 주중에 눈코 뜰 새 없이 바쁘던 나와 졸업작품전을 앞두고 공부와 과제에 매진하던 스티브는 일요일이면 자전거를 타고 그곳으로 향했다. 늦게까지 밀린 잠을 자고 일어나 나가, 11시쯤 길 한쪽에 늘어서 있는 꽃들을 보고 근처 카페에서 브런치를 먹었다. 천천히 시장을 둘러보며 한아름 꽃을 사서 집으로 돌아오는 주말은 전쟁 같은 평일의 긴장을 내려두고 피로를 풀 수 있는 유일한 시간이었다.

지금도 그때와 마찬가지로 정신 없이 바쁜 일주일을 보내고 화창한 주말이 찾아오면 콜롬비아 로드의 꽃길이 떠오른다. 동화 같은 집에서 미래를 좇던 그 시절의 향기롭던 꽃길.

Steve Yoni Studio
for TopShop

yoni ⱷ

2006년 6월, 어느덧 스티브는 졸업작품 쇼를 앞두고 있었다. 숨가쁘게 달려온 스티브의 한 시즌을 마감하는 중요한 순간. 스티브의 졸업작품 준비와 나의 학교 과제, 회사일 그리고 우리 브랜드 준비까지. 이사를 하고, 한 달이 어떻게 지나갔는지 모를 만큼 달려왔다. 그러나 그 와중에도 또 한 가지 일을 기획했는데 바로 7월에 열리는 '브레드 앤드 버터Bread&Butter(바르셀로나와 베를린에서 열리는 일종의 의류, 텍스타일 박람회. 약 8백여 개의 캐주얼, 스포츠 브랜드가 참여한다)'에 참가하는 것이었다.

브레드 앤드 버터는 어번 스트리트 캐주얼Urban Street Casual 분야에서 세계 최고의 비즈니스 전문 전시회로 손꼽히는데 그때는 단순히 그 정도로만 생각하고 있었다. 그런데 나중에 알고 보니 게스나 푸마 같은 대형 업체부터 소규모 브랜드까지 모두 참여할 수 있는, 규모가 매우 큰 대형 트레이드 쇼였다. 어쨌든 참가 신청을 하기 위해서는 브랜드 이름과 사업자등록증 등 몇 가지 기본 서류를 갖춰야 했다. 브랜드 이름이야 만들면 된다지만 사업자등록증이 문제였다. 난감해하고 있는데 스티브의 눈이 커졌다.

"요니, 우리 사업자등록증이 있잖아!"

"무슨 소리야? 우리가 사업자등록증이 있다고?"

"그래, 강아지 가방!"

불현듯 스쳐지나가는 기억 하나. 시간을 거슬러 올라가 한국에서 내가 직장생활을 하고 있고 스티브가 학교에서 콘테스트 준비를 하고 있을 즈음이었다. 어느 날인가 대학로의 한 카페에 앉아 이야기를 나누다보니 패션에 대한 이야기는 패션의 도시 파리로, 파리의 여자들은 개를 많이 키운다는 이야기로 번졌다. 그때 번뜩이는 아이디어가 나왔는데 그게 강아지 가방을 만들면 어떨까 하는 것이었다. 강아지 한 마리가 들어갈 수 있는 크기의 가방에 여행용 캐리어처럼 바퀴를 달아 주인이 끌고 갈 수 있다면, 주인도 힘들지 않고 강아지도 편할 것 같았다.

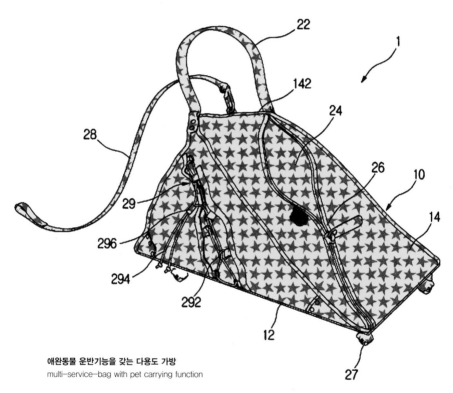

애완동물 운반기능을 갖는 다용도 가방
multi-service-bag with pet carrying function

IPC 코드 A01K 29/00
출원번호 2020030032552 (2003.10.17)
등록번호 200337590 (2003.12.22)
출원인 배승연 | 정혁서
발명자/고안자 정혁서 | 배승연
대리인 김윤배

생각해보면 달리고 싶은 개의 욕구를 무시한, 지극히 인간 중심적인 생각이었지만 그때는 특허 신청까지 낼 만큼 재미있고 획기적인 아이디어 같았다. 당시 특허 신청을 할 때 필요했던 것이 사업체 이름과 사업자등록증이었는데, 늘 우리는 우리의 브랜드를 만들자고 말해왔기 때문에 이번에 만들면 되겠다 싶었다. 브랜드 이름은 혁서의 이니셜에서 H를 따고 내 별명 Yoni를 붙여 'H's Yoni'로 지었다. 그러니까 결론은 그 이름으로 등록했던 사업자등록증이 남아 있다는 얘기였다. 다만 영국에서는 혁서라는 본명을 쓰지 않았으므로 브랜드 명은 급한 대로 'Steve Yoni Studio'로 바꿔서 신청서를 제출했다. 사실 그 이름마저 이제는 사용하고 있지 않지만.

강아지 가방의 꿈은 꿈으로 끝났고, 이제는 잊힌 이름들은 1년에 한 번씩 특허 갱신기간이라며 변리사가 보내주는 메일에서 마주치게 된다. 메일함을 열었을 때 그 메일이 와 있으면 괜히 짠하고 반갑다. 작은 아이디어 하나에도 환호하고 열띠게 달려가던 그 시절의 스티브와 내가 보내온 메일 같아서.

steve j

센트럴 세인트 마틴 BA 맨스웨어Man's Wear 부문 1위, 스티브 정!

스티브 정. 내 이름이 불렸다. 노숙자를 콘셉트로 했던 내 옷들이 졸업작품 쇼에서 우승을 차지했다. 믿을 수가 없었다. 내가 1등이라니! 긴 런웨이 위에서 내 옷을 입은 모델들이 계속 걷고 있는 듯 흥분이 가라앉지 않았다. 수상의 순간 아무 말도 들리지 않았지만 단 한 문장만은 가슴을 파고들었다. 색감이 좋은 디자이너.

불과 1년여 전만 해도 한국에서는 적록색약이라는 이유로 디자이너로 받아들여지지 않았다. 그 일로부터 지금까지의 시간들이 스쳐지나갔다. 몸도 마음도 아팠던 한국에서의 날들, 패션디자이너로 살고 싶다는 절박한 심정으로 찾아온 런던, 꼴등을 하고 충격을 받았던 첫 프로젝트, 도서관에서 보낸 시간과 과제로 지샌 수많은 밤들. 지난 시간을 위로받고 앞으로의 시간을 격려받는 것 같았다. 다행이었다. 어설픈 모양새로 한국으로 돌아가는 건 아니겠구나.

하지만 나는 잘 알고 있었다. 이게 끝이 아니라는 걸 말이다. 이제 곧 석사과정을 준비해야 하고 우리 브랜드의 시작이 될 브레드 앤드 버터 트레이드 쇼의 전시 작품도 빨리 만들어야 했다. 하지만 그래도 오늘만큼은 마음껏 기뻐하고 싶었다.

『VOGUE UK』에 실린 스티브의 졸업작품

스티브 BA 졸업작품 중

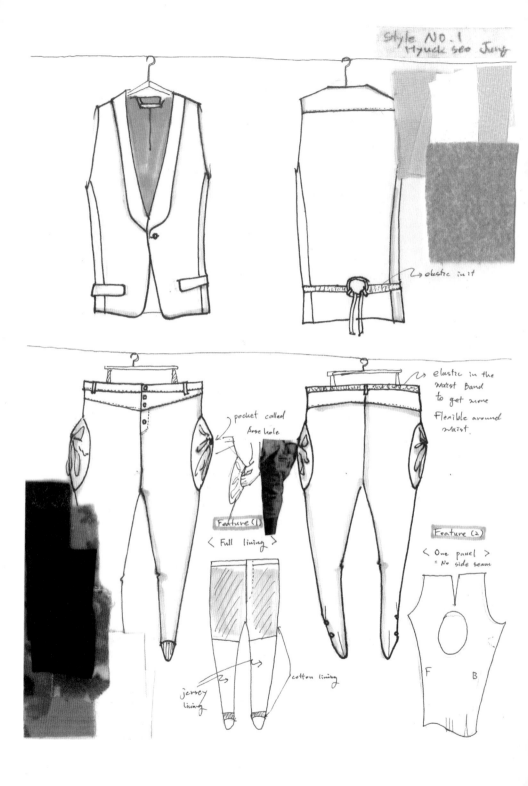

elastic in it

pocket called
Arse hole

elastic in the
Waist Band
to get more
Flexible around
waist.

Feature (1)

< Full lining >

Feature (2)

< One panel >
= No side seam

jersey
lining

cotton lining

F   B

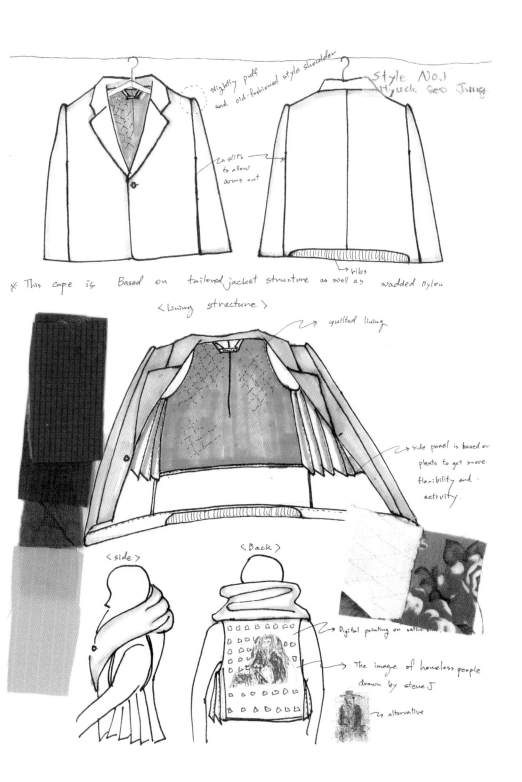

slightly puff and old-fashioned style shoulder

Style No.1
Hyuek Seo Jung

to slits to allow arms out

→ ribs

※ This cape is Based on tailored jacket structure as well as wadded nylon

< Lining structure >

→ quilted lining

→ side panel is based on pleats to get more flexibility and activity.

< side >

< Back >

→ Digital printing on satin.

→ The image of homeless people drawn by steve.J

↳ alternative

무엇을 상상하든 그 이상을 보게 될 거라고? 시작할 때부터 만만할 거라곤 생각하지 않았지만 브레드 앤드 버터의 규모는 엄청났다. 누구에게도 이 전시에 대해 조언을 받지 못했고 자신감과 열정 하나만으로 달려왔다. 스태프라고 해봐야 스티브, 나, 그리고 한국에서 우리 일을 도와주러 온 후배 이렇게 달랑 셋. 학생이라 경비도 넉넉하지 않아서 모든 게 빠듯했다. 하지만 우리 브랜드의 첫발을 뗀다는 설렘이 동력이 됐다.

“선배, 장난이 아닌데요? 우리 너무 없어 보이는 거 아녜요?”

“뭐 어때? 없으면 없는 대로 즐기면 되지.”

언제나 그렇듯 긍정적인 태도로 패기 가득한 젊은이 셋이서 작은 부스에 우리만의 우주를 만들기 시작했다. 브리티시 가든British Garden을 콘셉트로 벽에 손수 그림을 그려넣었다. 돈이 아닌 손으로, 규모가 아닌 감성으로 하나하나 부스를 채우다보니 두렵기보다 이 큰 행사에 잘 왔다는 생각이 들었다. 어느새 농담을 주고받을 만큼 여유도 생겼다.

“하루에 1억씩 팔면 얼마야?”

“1억이요?”

“행사가 4일이니까 4억?”

“오케이. 딱 4억만 벌어가자.”

마음속에 뭉게뭉게 솟아나는 생각. 설마 진짜?

대망의 오픈 첫날, 사람들이 들고나는 다른 부스들 사이에서 우리 부스는 조용하기만 했다. 1억은커녕 한 명의 바이어도 찾아오지 않았다. 하루에 1억이라는 건 어디까지나 농담이었고 정말 그만큼을 기대한 건 아니었지만, 그래도 이렇게 사람이 없을 거라고는 생각하지 않았는데 불안해지기 시작했다. 내일은 괜찮을 거라고 기대를 걸었지만 다음 날도 꽝이었고 셋째 날이 되자 자포자기의 심정이 됐다. 오라는 바이어는 오지 않고 바르셀로나의 태양은 뜨겁고. 그런데 어느 순간 마음이 편해졌다. 한숨 쉬며 속상해한다고 이 상황이 바뀌는 건 아니니까. 에라, 모르겠다. 다 잊고 재미있게 놀다가 가자!

yoni p

"스티브, 저 여자 진짜 독특하다."
"너 못지않은데?"

심심해서 이곳저곳 둘러보고 다니는데 한 여인이 눈에 들어왔다. 하얀 얼굴에 검은 베일, 빨간 립스틱을 바르고 검정 부채를 우아하게 들고 로비로 들어오는 그녀는 동화 속에 등장하는 마녀 같았다. 나는 호기심을 참지 못하고 그녀에게 달려가 같이 사진을 찍자고 요청했다.

"잠시만요."
그리고 살포시 포즈를 취해주는 그녀. 이런 센스까지! 그녀가 단순한 패션피플이 아니라는 사실은 나중에 알았다. 그녀는 전직 패션디자이너이자 포토그래퍼, 국제 패션필름을 기획하기도 한, 세계적인 패션저널리스트이자 패션계에 막강한 영향력을 지닌 스타일 아이콘, 다이앤 퍼넷Diane Pernet이었다.

다른 부스에 놀러 가서 옷 구경도 하고 외국인들과 농담도 주고받으며 나름대로 쇼를 즐겼다. 처음의 예상대로 4억(?)의 매출을 올린 건 아니지만 이건 이것대로 좋은 경험이다 싶었다. 다른 브랜드를 살펴볼 기회가 되기도 했고. 그러다 잠시 쉬고 있는데 익숙한 영국 악센트가 들려왔다. 영국에서 온 사람들이었다. 반가운 마음에 인사를 건네고 우리 부스로 데리고 와서 옷 구경을 시켜줬다. 그런데 한참 웃고 떠들며 옷을 살펴보던 이 친구들의 눈빛이 좀 달라졌다.

"옷이 마음에 드는데 사진 좀 찍어도 될까요?"

"그래요? 편하게 마음 놓고 찍어요."

어차피 즐기기로 한 건데 신경 곤두세울 필요가 뭐 있겠어. 그런데 그냥 스케치 정도가 아니라 한 벌 한 벌 꼼꼼히 찍는 폼이나 옷을 살피는 눈빛이 예사롭지 않았다. 이건 그냥 관심 있는 정도가 아닌데? 뭔가 이상하다 싶을 때쯤 이 친구들은 새롭게 자기 소개를 해왔다.

"만나서 반가워요. 우린 톱숍의 바이어예요. 당신들 옷, 마음에 드는데요?"

어안이 벙벙해져 잠시 할 말을 잊었다. 톱숍의 바이어? 몇 분 전까지 나랑 수다 떨며 놀던 이 친구들이 톱숍의 바이어라고? 내가 말을 잇지 못하고 있는데 그들은 대뜸 생산이 가능하냐고 물었다. 뭐가 어떻게 된 건지 상황 파악도 안 됐고 현실적으로 그게 가능한지 아닌지 따져보지도 못했지만 일단 가능하다고 대답했다. 사실은 이제 막 우리 손으로 옷을 만들기 시작했을 뿐이니 생산이나 유통, 여기까지 생각해뒀을 리가 없었다. 현실적으로 어떤 상황인지 가늠하지 못했고 꿈을 이루겠다는 열망만 있었다. 상대는 톱숍이었다.

내가 본격적으로 런던에서 생활을 시작하고 쇼퍼홀릭이 됐을 때 매일 지나치던, 머리부터 발끝까지 그곳에서 산 아이템으로 걸쳤던, 그 톱숍에서 우리 옷을 걸어줄 수도 있다는 의향을 보인 것이다. 물불 가릴 상황이 아니었다. 물론 우리에게 아무것도 없는 건 아니었다. "예스"라는 대답을 했을 때에는 일만 성사되면 어떻게든 해낼 수 있다는 자신감이 있었다. 그들이 부스를 떠나고 남은 우리 셋은 환호했다.

"방금 무슨 일이 일어난 거야?"

"세상에, 톱숍이야!"

전시 마지막 날이었다.

Steve graduated from London's Central St. Martin's art college - where he won 'best menswear designer' at the final graduation fashion show - last Autumn. Immediately afterwards he was selected for the 'Hot 15' of the next fashion generation by Vogue.com.

Steve's clothing line called Steve J. is the men's line of H's Yoni. A brand which is complemented by designer Yoni Pai's women's line (Yoni Woman).

H's YON

SteveJman YONIwoma

JUST ONE THIN DIME
- PLUS TAX

H's YONI
SteveJman YONIwoman

His is a refreshing take on street credible fashion for men. It uses unexpected combinations of 'feminine' and 'masculine' of theatrical and modest of eastern and western traditions, and moulds them into a look that's new to menswear: an image that is decorated and soft, but still cool, masculine and easy. Something that you can also observe, quietly filtering into other streetwear-orientated brands. At CODE we are sure that Steve's view leads a bigger trend.

How old are you?
I am 29. I don't want to think about next year, getting older scares me. Considering general life expectancy, I am half dead already.

Tell us something about your background?
I grew up in Korea in the outskirts of Seoul. There I lived in a very quiet neighbourhood, quite suitable for the old. I studied fashion design at Hansung University where I graduated in 2002. I learned a lot about mechanical skills, such as pattern making and sewing there, but creatively it wasn't such an inspiring place.

's why my partner Yoni Pai and I moved to ... ion in 2003. There we were both accepted ... post-graduate fashion courses.
... f at St. Martin's and Yoni at London's Col- ... of Fashion.

t was the best about St. Martin's in terms ... aching?
... cally St. Martin's teaching system makes ... ts more independent. Everything is up to ... own research. If you want to learn you can ... the library and look it up yourself. They help ... o find your own path. There is intense com- ... on between students and this makes people ... even harder. If you don't want to be a loser, ... have to keep up, sleep less, more work... I ... St. Martin's.

h designers inspire you?
... ect all designers who have their own iden- ... guess there are hundreds of them.

are you bringing to men's fashion?
... use men's fashion is still very conservative in ... of styling, fabric colour, palette, etc. What ... t to do is compromise between traditional ... wear and contemporary ideas. I want to cre- ... mething new and fresh, which men will still ... o wear.

kind of man do you design for (who do ... ave in mind while designing)?
... designing my collection I mostly think about ... er art students at Central St. Martin's. I be- ... they are the upcoming fashion generation. ... know that my clothes are more for creative ... e than for Joe Public.

at way do you think your Korean back- ... nd sets you apart from other (western) ... ners?
... pose I can see things in a different way ... to the cultural differences. Things that ... bvious to them ... so to me, ... ce versa. It do ... and therefore ... ns.

... ere chosen ... graduation ... were the ju ... Suppose ... garments ... opment o ... wear. ... on pea ... design ... jole

How did you get together with Yoni Pai?
We studied fashion design at the same school in Korea. We planned to do our own label together after graduation and moved to London together to do so. We both ended up doing a post-graduate course. I went to St. Martin's and she did an M.A. at the London college of fashion.
Now she's in charge of the women's line of our business, called YONI and I design the menswear line STEVE J. We compliment each other perfectly.

How many shops sell the STEVE J line?
Both labels STEVE J and YONI only started after our graduation last June. The Spring/Summer 2007 collections presented at the Barcelona fair were our first. So they are really fresh! Reactions have been amazingly good and we are very happy with the results!

You mention 'sweet indulgence' in the brand profile. Indulgence in what?
I got the inspiration from English country gardens. There you go! Sweet, cosy and colourful!

What do you think mankind's future holds in terms of fashion and style?
As you know, the fashion market has been dominated by women's wear for ages. But I definitely think that men will be more involved in the fashion world in the future. There is still so much to explore.
In the near future I think menswear will be bolder and more free in terms of fashion and style.
I am looking forward to that!

'브레드 앤드 버터'의 전시가 실렸던 잡지 『CODE』

과연 연락이 올까? 환호와 흥분의 시간이 지나자 불안과 걱정이 찾아왔다. 사실 바이어가 관심을 보였다고 해서 우리 옷을 걸어준다는 건 아니니까. 우리 브랜드의 첫 비즈니스가 '가능성'을 발견한 것으로 끝날 것인지, 아니면 실질적인 '계약'으로 이어질지 알 수 없는 상황에서 스티브와 나는 다시 일상으로 복귀했다.

바르셀로나에서 돌아온 다음 날 스티브는 학교로, 나는 바로 회사로. 쉬는 동안 밀린 일을 하느라 오후까지 정신이 쏙 빠져 있는데 낯선 번호로 전화가 걸려왔다.

"여보세요?"

"Steve Yoni Studio 담당자 부탁합니다."

정신이 번쩍 들고 심장이 두근두근 뛰기 시작했다. 긴장이 뒷덜미를 타고 훑어내렸다.

"네. 제가 요니인데요. 말씀하세요."

"아, 바르셀로나에서 만났던 톱숍이에요. 보고서가 통과가 됐어요. Steve Yoni Studio의 옷들을 주문하고 싶은데요."

쿵.

오, 스티브! 톱숍에 우리 옷이 걸리게 됐어!

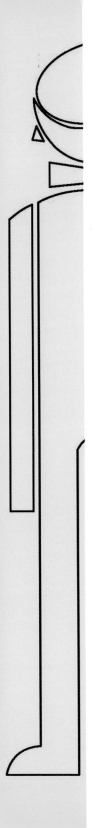

Y 다란 교수가 또 눈이 휘둥그레졌어. 그 표정을 봤어야 하는데.

S 당연하지. 다들 마찬가지야. 어떻게 그럴 수가 있어? 뭐 이런 반응.

Y 근데 기억나? 우리 톱숍에 메일 보냈었잖아.

S 그땐 못 먹는 감 찔러나 보자 이거였는데.

Y 혹시나가 역시나였지만.

S 요니야.

Y 응?

S 믿겨져? 톱숍이야.

Y 그래. 톱숍이야.

S 말도 안 되는 일인데.

Y 우리가 톱숍에 들어가는 거야.

S 톱숍이라니.

톱숍은 단순히 유명 SPA 브랜드이자 대중화된 의류 체인이 아니라 영국 패션을 움직이는 핵이라 할 수 있었다. 런던 패션위크를 후원하는 큰 브랜드이기도 했고 유명한 디자이너들과 지속적인 콜래버레이션 작업으로 유명하기도 했다. 영국에서 톱숍이 갖는 의미는 컸다. 게다가 그때까지 어느 한국 디자이너도 톱숍과 콜래버레이션을 해서 브랜드를 런칭한 적이 없었고 특히 학생 신분으로서 톱숍에 합류하는 건 영국에서도 전례가 없던 일이었다. 우리가 그 모든 의미에서 첫번째 디자이너였던 셈이다.

"핌Pimm을 만들어야겠어. 바이어들이 좋아할 거야."

톱숍의 바이어들이 폴든 테라스의 우리 작업실에 오기로 했다. 그날은 런던답지 않게 날씨마저 맑은 게 느낌이 좋았다. 꽃을 사서 곳곳에 꽂아두고 음악을 틀어놓고 핌을 만들었다. 핌은 과일을 썰어 그 위에 레몬에이드와 술을 반반 섞어 붓고 민트로 향을 더하는 영국 사람들이 아주 좋아하는 전통술이자 고급술인데, 치치스터의 시어터에서 일할 때 배워둔 칵테일이었다. 그때만 해도 패션 공부를 하러 영국까지 와서 뭘 하고 있는 건가 싶어 불안하고 걱정이 많았는데, 그때의 경험이 이렇게 도움이 될 줄이야. 결국 어떤 경험이든 인생에 필요하지 않은 것은 없다는 말은 맞나보다.

예쁜 잔과 함께 핌까지 완벽하게 준비해두고 바이어들에게 우리 옷과 스튜디오를 보여줄 동선을 짰다. 그들에게 자연스럽고 세련된 모습을 보여주고 싶었다. 지금 생각해보면 어수룩해 보이는 행동이었을지 몰라도 하나부터 열까지 최선을 다하고 싶은 게 그때 내 마음이었다.

약속 시간 30분 전, 스튜디오의 문을 활짝 열어두었다. 행운이 걸어 들어올 수 있도록.

Style by Kevin Kim

첫번째 미팅이 성공적으로 마무리되고 요니와 나는 분주해졌다. 톱숍은 워낙 많은 업체와 디자이너 들이 입점해 있는 브랜드라 기본적으로 갖춰야 할 서류가 어마어마했다. 하다 못해 공장 사진과 근무자의 나이(제3세계 국가에서 발생하는 아동 노동 착취에 대한 문제 때문이라고 했다), 기계 사진, 소화전, 공장 규칙, 입구 사진까지 모든 것들을 아주 세밀하게 준비해야 했다. 둘이 머리를 싸맨다고 해결될 양이 아니었다. 그때 요니는 이미 키사의 일과 학업을 병행하고 있었고, 나도 대학원 준비로 시간을 쪼개서 일을 해야만 했다. 그리고 디자인은 영국에서, 생산은 한국에서 해야 해서 한국에 있는 후배에게 도와달라고 부탁했다. 후배에게 생산업체 찾는 일을 맡겼다. 시차 때문에 한국과의 연락은 밤에 해야 했기 때문에 우리는 밤낮을 구분할 수 없었다. 그런 노력 끝에 톱숍에서 요구한 서류를 모두 제출했다.

그리고 며칠 후, 주문서와 함께 톱숍의 매뉴얼 북이 도착했다. 영어로 빼곡히 적힌 매뉴얼 북에는 사전보다 더 두꺼운 두께에 월별 스케줄과 지침, 포장할 상자와 비닐은 어느 업체, 옷을 접는 방법, 포장하는 방법 등등 하나부터 열, 아니 백까지 모든 것이 정해져 있었다. 신경써야 할 게 너무 많았다. 그렇다고 포기할 수는 없었으니 그 여름 요니와 나는 가능과 불가능의 양극단을 오갔다.

그리고 가을, 런던의 중심가, 옥스퍼드 서커스Oxford Circus의 톱숍 매장 한쪽에는 'Steve Yoni Studio for TopShop'이라는 이름 아래 우리 옷이 걸렸다. 감개무량이라는 말을 이럴 때 쓰는 말인가 싶었다. 학교 가는 길에 그 앞을 지나야 했던 나는 괜히 매장에 들어가 우리 옷이 잘 있나 보기도 하고, 옷을 고르는 사람들을 신기하게 바라보기도 했다. 학교에서 우리 옷을 입은 학생과 마주쳤을 때의 짜릿함을 지금도 잊을 수 없다.

런던에 온 지 2년, 영국 패션계에 내디딘 한 걸음이었다.

Pocket Dress
Colour: Multi
Fabric: 100% Cotton
Price: £70.00

Shirt Dress
Colour: Multi
Fabric: 100% Cotton
Price: £70.00

Pocket Jersey Top
Colour: Brown,Coral
Fabric: 100% Cotton
Price: £38.00

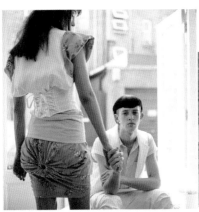

Overall
Colour: Yellow
Fabric: 100% Cotton
Price: £70.00

Harem Jersey Pants
Colour: Peach
Fabric: 100% Cotton
Price: £50.00

e Jersey Skirt
ur: Peach
ic: 100% Cotton
: £50.00

Volume Neck Top
Colour: Yellow
Fabric: 65% Polyester,
35% Cotton
Price: £35.00

photo by Wooram Lee

Samsung
Fasion & Design Fund

yoni ⍟

"스티브, 우리 이거 한번 해볼까?"

    키사와 학교생활, 톱숍 입점만으로도 벅찬 날들이었지만 쉴 틈을 만들지 않았다. 또 한 발 앞으로 나아가기 위한 도약의 기회가 필요했다. 브랜드를 만들었지만 기본 자본이 없으니 브랜드를 키워나가는 것이 현실적으로 힘들었다. 그런 점에서 삼성 패션디자인펀드는 좋은 기회였다. 해외에서 활동하는 한국의 신인 디자이너를 발굴해 지원하는 프로그램이었는데, 우승자에게는 해외에서 컬렉션을 열 수 있는 비용이 지원됐다. 컬렉션을 연다는 건 패션쇼를 할 수 있다는 말인데 그건 디자이너들의 로망이다. 컬렉션을 잘하려면 디자이너의 옷도 중요하지만 경제적인 지원과 언론의 지원도 꼭 필요한 것이라 우승자로 선정만 된다면 얻을 수 있는 혜택이 어마어마한 것이었다. 1회 우승자는 스티브와 내가 정말 좋아하는 디자이너이기도 한, 뉴욕에서 활동하고 있는 두리 정이었다. 그리고 마침 두번째 지원을 위해 공모가 시작됐다. 스티브가 세인트 마틴 졸업작품전에서 남성복 부문 대상을 타고 톱숍에 입점도 한 상황이어서 어느 정도 해볼 만한 도전이라고 판단했다.

steve j

벨기에에 있는 유수의 패션스쿨 위너들과 경쟁을 하는 콘테스트 겸 쇼에 나가 우승을 했다. 상금은 2만 유로였다. 그 돈으로 원단을 사들였다. 유럽 각지의 명품 브랜드들이 쓴다는 고급 원단들이었다. 탐이 나는 원단들이 정말 많았다. 집세를 겨우 내면서도, 생활은 빠듯해도 최고급 원단을 사들였다. 좋은 원단으로 좋은 옷을 만들고 싶었다. 1층 작업 테이블 위로 불이 꺼질 틈이 없었다. 만들고 또 만들고. 샘플 하나를 만들어내려면 돈이 많이 들었지만 브랜드를 만들어가는 입장에서 생략할 수 없는 과정이었다. 그 와중에도 우리의 옷은 톱숍에 걸리면서 영국의 매거진 곳곳에 실렸다. 학생이 아니라 디자이너로서도 바쁜 날들이 계속됐다. 그리고 어느 오후, 흥분한 요니의 외침이 들렸다.

"스티브! 이리 와봐!"

yoni p

"우리 뽑혔어! 컬렉션 비용을 받을 수 있게 됐다고!"

그렇게 기다리고 기다리던 소식이 왔다! 두리 정과 함께 제2회 삼성 패션디자인 펀드에 선정되었다는 믿기지 않는 소식! 그들은 우리 브랜드의 가능성을 가장 높이 평가했다고 했다. 선정됐다는 사실보다 컬렉션을 열 수 있다는 사실이 더 감격스럽고 기뻤다. 우리만의 컬렉션이라니, 생각만 해도 꿈만 같은 일. 밤낮 없이 바쁜 때였지만 그날만큼은 동네 펍으로 달려가 시원한 맥주를 마셨다. 꿈에 한 발짝 더 가까이 다가선 오늘에 축배를!

그러나 모든 게 순조롭고 매끄럽게 풀릴 리가 없지. 단순히 바빠서가 아니라 내가 두 회사, 그러니까 키사와 우리 브랜드 둘 모두의 디자이너라는 게 문제였다. 다음 해 2월에 열리는 런던 패션위크에서 쇼를 해야 하는데, 키사도 참가해 컬렉션을 열었다. 한 디자이너가 두 개의 컬렉션을 할 수는 없으므로 나는 선택을 해야 했고, 답은 나와 있었다.

런던에서 벼랑 끝에 서 있었던 무렵에 내 손을 잡아줬던 곳이 키사였다. 그 회사

가 아니었다면 나는 일찌감치 서울로 돌아갔어야만 했다. 하지만 고맙다고 내 브랜드를 포기할 수는 없는 노릇. 내 꿈은 한 패션컴퍼니의 디자이너가 아니라 내 브랜드를 걸고 세계를 누비는 디자이너였으니까. 나는 고마움과 미안함, 아쉬움을 마음에 담고 그해 11월, 키사와 작별했다.

그런데 런던 패션위크가 시작되고 우리 쇼가 열리는 날, 알고 보니 같은 장소에서 키사와 앞뒤로 쇼를 하게 됐다. 아무래도 키사와 인연은 인연이었던 모양.

photo by Wooram Lee

steve j

삼성 패션디자인펀드 측에서 수상자들을 초청했다. 제일모직은 삼성 계열의 의류회사였기 때문에 내게 한국에서 디자이너를 할 수 없다고 지적했던 기업에서 나의 재능을 다시 인정하고 선택해준 것이나 다름없었다. 그 사실이 참 아이러니했다. 한 치 앞도 모르는 게 인생이라더니. 나는 그때 일을 계기로 어떤 일에도 절망하거나 포기하지 않는다. 마음 먹고 쭉 가다보면 어떤 식으로든, 어느 방향으로든 이루어지게 된다고 믿는다.

한국으로 돌아온 요니와 나는 가족들과의 해후도 잠시, 살인적인 스케줄을 소화해야 했다. 사실 한국에서 보기에는 듣도 보도 못한 학생들에게 삼성 패션디자인펀드에서 기회를 준 것은 일종의 파격이었다. 그래서 유달리 언론의 집중적인 관심을 받았고 많은 매거진과 여러 매체에서 인터뷰를 요청해왔다. 국내에서는 검증되지 않은 두 명의 신인 디자이너가 어떻게 해낼 것인지 흥미로웠을 터였다. 요니나 나나 옷을 만들 때 가장 행복했기 때문에 그 일에 매달려왔던 건데 이제 '디자이너'로서 세상의 주목을 받게 된 것이다. 보는 눈이 많아지고 사람들의 기대가 생겼기 때문일까? 이제 우리 이름을 걸고 쇼를 해야 한다는 사실을 실감할 수 있었다. 단순히 재미있고 좋아서가 아니라 우리 일에, 이름에 '책임'을 져야 한다는 사실. 기분 좋은 긴장과 부담이 동시에 느껴졌다.

yoni p

집안으로 들어서는 순간, 아버지를 마주한 순간 눈물이 핑. 2년 만에 만난 아버지는 내가 떠나기 전보다도 더 마르고 더 왜소해진 모습이었다. 시간이 이만큼이나 흘렀구나. 그동안 영국에서 공부하고 생활하는 것만으로도 벅차기도 했지만, 한국을 떠나던 그때 성공하기 전에는, 영국에서 자리잡기 전에는 절대 돌아오지 않겠다고 결심을 했었다. 그리고 2년이 흘렀다. 정말 열심히 살았고, 열심히 공부했다. 이제 막 걸음을 떼고 있지만 정말 디자이너가 됐고 그 가능성을 인정받았다. 내 자신과 했던 약속을 지

컸고 떳떳했고 뿌듯했다. 가족들에게 웃으며 인사할 수 있다는 게, 가족들이 기쁘게 나를 맞아줄 수 있다는 게 기뻤다. 며칠이 지나면 다시 영국으로 돌아가야겠지만 그건 그때 생각할 일! 나는 나를 반기는 가족들에게 외쳤다.

"다녀왔습니다!"

Chapter 4
London,
Collections

London,
Collections

S 우리 브랜드 이름 바꿀까?

Y 나도 그런 생각 했는데, 지금은 좀 소규모 레이블 같은 느낌이랄까?

S 음, 세계 시장에도 통해야 하는 이름이니까……

Y 그냥 우리 이름으로 하면 어때? Steve J & Yoni P!

S Steve J & Yoni P?

Y 괜찮지 않아? 이미 알려진 Steve Yoni Studio랑 비슷해서 같은 브랜드라
  는 것도 연상이 될 거고, 시장에서 디자이너랑 브랜드를 같이 인식시킬 수
  도 있고.

S Steve J & Yoni P, Steve J & Yoni P…… 좀 길지 않아?
  그리고 우리 이름을 그대로 쓰면 좀 부담스럽지 않겠어?

Y 앤 드뮐미스터, 준야 와타나베, 꼼 데 가르송, 이런 이름도 있는데 뭘.
  지금은 너무 자연스럽게 부르잖아?

S 그건 그렇지.

Y 잘 만들면 돼. 시간이 지나면 Steve J & Yoni P도 사람들에게 자연스럽게
  익숙해질걸?

S 좋아. 이걸로 하자. Steve J & Yoni P!

쇼의 콘셉트를 잡기 위해 도서관과 미술관, 박물관을 돌아다녔다. 그러다 어느 날 보더스라는 서점에서 티베트 사진집 한 권을 발견했다. 원색의 색감, 동양적인 느낌이 예뻤다. 이거다 싶었다. 한국인의 감성을 지닌 우리와도 잘 어울리는 것 같았다. 컬렉션 콘셉트는 티베트를 모티프로 잡았다. 디자인은 무에서 유를 창조하는 게 아니다. 사람, 이야기, 건축, 미술, 음악 등 세상 모든 것들이 언제 어떻게 창작의 모티프가 되어줄지 모른다. 그래서 일단 만나야 한다. 만나서 보고 듣고 느껴야 한다. 때로는 우연히 만나지기도 하고 또 찾아오기도 하지만 나는 대부분의 경우 내가 먼저 찾아나선다. 마치 인연을 찾아가듯이.

콘셉트가 잡히고 나니 아이디어를 나누고 디자인을 하고 옷을 만드는 것은 어렵지 않았다. 두 사람이 하는 작업이니 의견이 다른 때도 있지만 같은 목표를 가지고 있기 때문에 비생산적인 싸움은 하지 않았다. 중심은 가장 멋진 옷을 만드는 것. 그 옷들로 우리의 컬렉션을 완성하는 것. 정작 요니와 나를 당황하게 했던 건 컬렉션을 열기까지의 전반적인 시스템이었다. 컬렉션은 처음이라 비즈니스적인 부분이나 모델 캐스팅, 진행 과정 등은 어떻게 해야 하는지 잘 몰랐다.

1년 동안 1억 원의 지원, 그것으로 두 번의 쇼를 치러야 하는 상황에서 스태프를 많이 고용할 수 없었다. 모르는 사람들은 '억'이라는 단위에 놀라겠지만 컬렉션을 한 번 치르는 데 들어가는 비용은 어마어마하다. 의상을 만드는 데 필요한 비용도 상당하지만 무대와 음향, 모델, PR 등 각 분야의 스태프들과 장비 등에 들어가는 액수도 만만치 않다. 사실 스태프를 충분히 쓰지 못했던 건 잘 몰라서이기도 했다. 이제 시작하는 디자이너이고 단독으로 쇼를 해본 경험이 없었으니 전문 스태프들을 고용하려고 해도 어디서 어떻게, 누구를 찾아야 하는지 알 수가 없었다.

결국 스타일리스트도 없이 우리가 직접 모델과 옷을 맞춰가며 스타일링을 해야 했던 건 약과였다. 전문적인 PR 회사나 세일즈 회사도 없어서 알음알음으로 개인 PR을 하는 사람을 섭외했고 그 사람을 통해 음악감독을 구했다. 사실 쇼에 오는 손님들이 앉을 자리 배치도 중요해서 이것도 전략적으로 접근해야 하는 부분이었다. 셀러브리티나 패션계 인사들에게 런웨이 바로 앞자리를 마련해주는 건 다 그런 이유에서다.

하지만 학생이었던 요나나 나는 그런 걸 알 리가 없었고 무엇보다 학생이었기 때문에 우리에게 제일 중요한 사람은 교수님일 수밖에 없었다. 런웨이를 가운데 두고 두 학교의 교수님들이 맨 앞줄에 쭉 늘어서 앉아 계셨는데, 뉘 집 아이가 더 잘했는지 겨루는 것도 아니고 지금 생각해보면 웃지 않을 수 없다. (신진 디자이너 쇼였고 전문 PR 회사가 있었던 것도 아니었으니 패션계 인사들이 대거 찾아올 리 없었지만 한 사람, 엄청난 패션계 거물 인사가 찾아와줘서 정말 깜짝 놀랐다. 지미 추!)

어쨌든 쇼는 시작됐다.

steve j & yoni p

2007

yoni p

화려한 무대 조명, 긴 런웨이, 음악이 시작되고 아름다운 모델들이 우리 옷을 입고 런웨이 위를 걸어나간다. 언제나 무대는 판타지가 펼쳐지는 공간이다. 하지만 무대 뒤편, 백스테이지는 상상할 수도 없을 만큼 정신없고 분주하다. 모든 시스템을 잘 갖추고 진행되는 베테랑 디자이너의 쇼도 무대 뒤편은 전쟁터와 같은데 첫 쇼를 치르는 우리는 말 다 했지. 그래도 어쨌든 무대 위에서 쇼는 무사히 진행되었다.

10여 분간의 꿈이 성공적으로 끝나고 상상만으로도 두근거렸던 피날레. 하지만 막상 그 순간은 어떻게 런웨이를 걸어나갔는지 모르겠다. 드디어 끝났다는 안도감, 정말 끝이라는 아쉬움, 이제 정말 시작이라는 설렘, 그 모든 게 뒤섞인 채 무대 위로.

steve j

카메라 셔터 소리는 사라지고 화려한 조명은 꺼졌다. 흥분은 가라앉지 않았다. 꿈이 현실이 되는 순간의 벅찬 희열을 표현할 만한 단어는 없다. 그러나 쇼의 여운을 즐길 수 있었던 건 단 3분. 백스테이지로 돌아오고 3분 만에 모델들과 메이크업 스태프들은 모두 다음 쇼를 위해 썰물 빠지듯 빠져나갔다. 백스테이지는 한바탕 전쟁이 휩쓸고 지나간 것 같았다. 곧 그 장소에서 다른 브랜드의 쇼가 진행될 예정이었으니 그 잔재들을 서둘러 정리해야 했다.

남은 인원은 PR을 맡아준 친구와 인턴 직원, 우리 둘, 다 해봐야 네다섯 명이 전부였다. 서둘러 짐을 챙겼다. 택시에 짐을 싣고 돌아와 대강 정리를 마치고 나자 정말 아무 생각도 나지 않았다. 파티? 축하? 그저 고픈 배를 채우고 우선 쉬고 싶다는 마음뿐이었다. 긴장이 풀리고 피곤에 젖은 요니와 대충 라면을 끓여먹고 잠들어버렸다. 오늘의 쇼는 끝이 아닌 시작. 파티는 그다음으로 미뤄도 상관없었다.

그렇게 쇼는 끝났다.

8

'The aim is to find a theme and turn our ideas into a story surrounding it'
____Steve J & Yoni P

Designers Steve Jung and Yoni Pai are graduates of Central Saint Martins and London College of Fashion respectively, and launched their label in 2006. They presented their first collection during London Fashion Week in 2007 and create a contemporary range of both menswear and womenswear. Their debut show drew an impressive audience of national and international buyers and press, and they went on to collaborate with UK fashion chain Topshop to create a diffusion range that was launched in 2007.

Steve J & Yoni P___*90/100*

Their design aesthetic mixes original hand-printed fabrics – graphics on traditional garments – with extreme and sometimes improbable layering. 'Our philosophy is to have the freedom of creation guiding our thoughts and moulding them into the garment that is in our mind,' they explain. 'The most important thing is to keep things in mind and know when it is time to release them. The aim is to find a theme and turn our ideas into a story surrounding it.'

The collections include accessories as well as dresses, suits, knitwear and evening pieces. The designers aim to achieve a blend of coloured and patterned fabrics and to create a balance between extreme couture and ready-to-wear, heritage chic and modern art, juxtaposing traditional tailoring with fantastical inspirations.

For each collection, Jung and Pai decide on a country, culture or theme from which to take ideas and then spend time conducting research, forming visual concepts and sketching their thoughts. They explain how the creation grows through all steps of the design process: 'Your ideas transform into something more of an illusion than you imagined as you discover new colour compositions and, when draping fabric, you find new and unusual folds and beautiful twists.'

Maintaining that they do not have a specific customer in mind, the designers claim 'We design for everyone who wants to express themselves through fashion.' Contemporary fashion, according to Steve Jung and Yoni Pai, is about individuals showing who they are through undefined fashion trends. Being forward-thinking is key to their philosophy, and they want to create trends rather than follow them.

www.stevejandyonip.com

1. Polo-neck knit and fur hat, A/W 07. **2.** Tailored linen jacket, white shorts and braided-neckline top. S/S 08. **3.** Fabric map, A/W 07. **4.** Sheer cotton-jersey top with braided detail, S/S 08. **5.** Double-organza off-the-shoulder draped dress, S/S 08. **6.** Printed heavy-cotton oversized coat with sheepskin collar, chiffon layered dress and wood hat, A/W 07. **7.** Flower decorated chiffon dress, A/W 07. **8.** Design sketch by Yoni Pai, A/W 07.

〈100 New Designers Book〉에 실린 Steve J & Yoni P 07 F/W Collection

디자이너가 쇼를 하는 이유는 여러 가지다. 일단 쇼를 한다는 것 자체가 꿈이기도 하고, 또 기한이 정해져 있는 쇼에서 긴장과 활력을 느끼기도 한다. 그러나 그 이상으로 쇼는 그 자체로 홍보이고 세일즈다. 컬렉션은 브랜드와 디자이너를 알리고 그 자리에 참석한 바이어들에게 옷을 선보임으로써 세일즈를 위한 하나의 창구 역할을 하는 것이다. 그러나 당시 우리는 디자인펀드로 지원을 받아 컬렉션을 치렀기 때문에 '비즈니스'에 대한 감이 전혀 없었다. 멋지게 컬렉션을 하는 게 중요했지 우리 옷을 '팔아야 한다'는 걸 체감하지 못했고 방법도 알지 못했다. 그저 순진하게 우리에게 주어진 두 번의 기회 중 한 번을 무사히, 성공적으로 마쳤다는 것에 기뻐했다. 그래도 첫번째 쇼가 끝나고 브랜드 홍보 에이전시와 계약을 했고 영국 매체 이곳저곳에 소개되기도 했다. 한국의 반응은 더 했다.

그런 의미에서 다음 쇼가 중요했다. 쇼가 끝나고 삼성 패션디자인펀드의 지원을 받은 디자이너로 주목받으면서 한국에 있는 대부분의 패션 잡지에 우리 기사가 실렸다. 한국 기자들과 패션 관계자들이 우리를 예의주시하고 있었다. 신인 디자이너의 첫번째 쇼는 완벽하거나 세련되기 어렵다는 건 누구나 알고 있기 때문에 처음은 어느 정도 이해받을 수 있지만 두번째 쇼부터는 다르다. 부담감이 밀려왔다. 한편으로는 한 번 해보고 나니 아쉬운 점도 많았고 더 잘하고 싶은 욕심도 생겼다. 그리고 무엇보다 두번째 쇼를 성공적으로 해내면 삼성 패션디자인펀드의 다음 기회를 얻을 수 있기 때문에 욕심을 낼 수밖에 없었다.

우리는 다시 매일 서점, 도서관 등을 돌며 온갖 예술 서적과 잡지 등을 뒤졌고 그렇게 몇 주를 헤맨 끝에 한 권의 사진집을 보게 됐다. 거기에 실린 사진 중에서도 아프리카 농장의 한 일꾼의 모습에 시선이 꽂혔다. 푸른 하늘의 색과 어울리는 노란 비닐 치마를 질끈 묶은 그의 모습은 아주 경쾌한 느낌이었다. 이거다 싶은 마음에 요니를 부르려는 순간, 요니가 사진을 가리켰다.

"스티브, 이 사진 너무 좋다. 어때?"

그래, 이번에는 아프리카다!

출산의 고통과 비할 건 아니지만 딱 그런 심정. 행복한 아프리카의 이미지를 옷으로 만들겠다고 시작한 일인데 힘들기가 이루 말할 수가 없었다. 조금 더 새로운 시도를 해보고 싶고 그 느낌을 전달하고 싶어서 기존 원단을 그대로 사용하기보다 원단 자체를 새롭게 직접 만들기로 했다. 디자인을 바탕으로 원단을 잘라서 꼬고 엮고 붙이고. 한 결 한 결 새로 직조해 독특한 느낌의 원단을 만들었는데, 색색의 천을 그런 방식으로 만드는 작업은 지난하고도 고된 과정이었다. 만들어야 할 옷이 40여 벌. 그런데 그 옷들을 만들 원단 자체를 새로 만드는 거라서 최종적으로 옷 한 벌을 만드는 데 들어가는 시간과 노력은 이전보다 몇 배가 필요했다. 한 벌에 여섯 명이 달라붙어도 일주일 가까운 시간이 걸렸으니.

첫 쇼가 많이 아쉬웠던 스티브와 나는 이번엔 정말 죽기 살기로 해보자고 다짐했고 그 여름 모든 걸 다 쏟아부었다. 그 당시에도, 지금 되돌아봐도 그런 고생이 없었지만 그랬기 때문에 지금까지도 그 컬렉션 옷들은 '옷' 이라기보다 '작품'이 됐다. (이 컬렉션 의상들은 지금까지 모두 잘 보관해두고 있다.)

쇼 당일. 그 옷들을 모델들이 입고 런웨이를 걸어나가는데 가슴 한 편이 뭉클했다. 마치 배 아파 낳은 내 아이들이 잘 자라서 세상에 얼굴을 드러내는 것 같은, 그런 느낌. 벅차오르는 그 감동. 2008 S/S 컬렉션이었다.

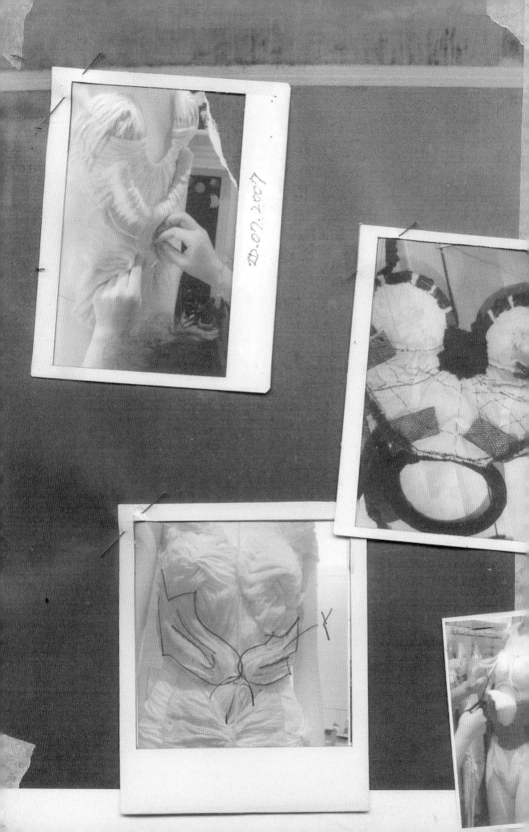

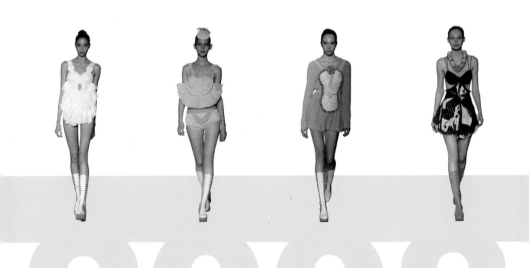

2008

CUSTOMERS CARS
GARAGED & DRIVEN
AT OWNERS RISK

photo by Sungjin Kim

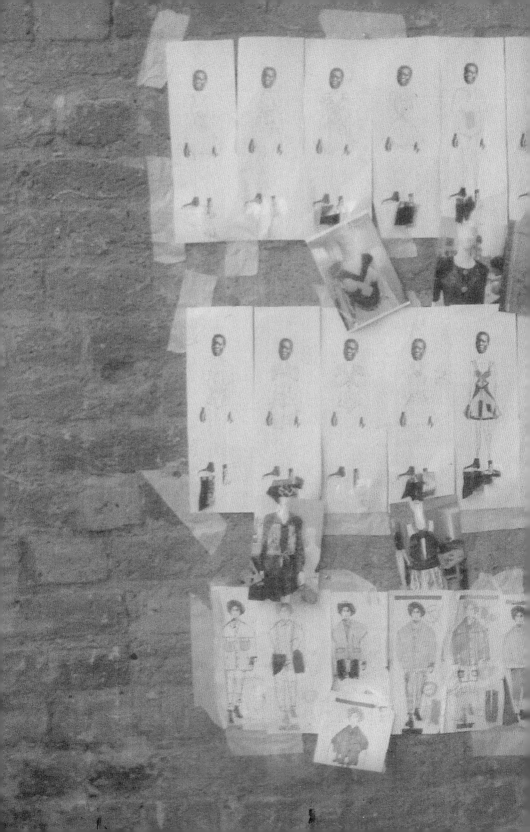

08 S/S

S 그 친구 이름이 다란 나이트였나?

Y 맞을 거야. 다란.

S 간신히 구한 스타일리스트였는데 당황스러웠지.

Y 쇼 일주일 전에 구급차에 실려가고.

S 처음부터 불안불안했어.

　몸이 너무 안 좋아서 과연 버틸 수 있을까 싶었고.

Y 자기 어시스턴트라고 보내준 친구는 아무것도 모르고.

S 결국 모델 캐스팅이며 스타일링이며 또 우리가 다 했잖아.

　일부러 스타일리스트 구한 거였는데.

Y 그러니까. 그냥 팔자려니 했지 뭐.

"요니, 이것 좀 봐! 릴리 도날슨Lily Monica Donaldson이 우리 옷을 입었어!"

스티브가 펼쳐든 영국『보그』에 세계적인 톱모델 릴리 도날슨이 우리 옷을 입고 찍은 화보가 전면에 실려 있었다. 최고의 패션디렉터인『보그』의 루신다 챔버Lucinda Chambers가 기획하고 세계적인 사진작가 마리오 테스티노Mario Testino가 찍은 화보였다. 패션위크에 참가하는 디자이너들은 수백 명, 그중에서 자기 옷이『보그』같은 유명 잡지에, 그것도 전면 화보로 들어가는 건 결코 쉽지 않은 일이다. 그런데 그『보그』에, 톱모델이 우리 옷을 입고 서 있다니.

그때쯤, 그러니까 우리의 두번째 쇼가 끝나고 언론의 반응은 더 높아졌다. 많은 프레스들이 관심을 보였고 영국을 넘어 이탈리아, 중국 등 전세계 매거진에도 런던 패션위크 소식을 전하는 기사에 우리 옷들이 실렸다. 지면이나 화면을 통해 내가 만든 옷을 만나는 건 정말 환상적이라고 할 수밖에 없는 경험. 지난여름 스티브와 인턴 친구들과 밤을 새며 원단을 만들고, 옷을 만들었던, 그날들이 아무것도 아닌 게 아니었다. 우리의 시간과 노력을 세상이 알아봐주는 것 같았다.

Fiesta! Celebrate carnival nights in a
mesmerising swirl of silks and
cottons, pom-poms and beads
Lily wears jersey vest with
Swarovski-crystal appliqué, £615,
Christopher Kane, at Harvey Nichols.
Linen dress, *worn underneath vest*,
£815, Steve J & Yoni P., at Kokon To
Zai. Socks, £28, Eley Kishimoto, at
Shop at Maison Bertaux. Beaded
clogs, £475, Stella McCartney.
Darla wears silk dress with
Swarovski-crystal beading, £1,790,
Sophia Kokosalaki, at Matches.
Cotton and chiffon miniskirt, £580,
Reem. Belt, £270, Marko Matysik.
Socks, £3, Topshop. Cotton and
satin boots, £295, Ayayo. Pom-pom
necklaces, to order, Erickson Beamon.
*For stockists, all pages,
see Vogue Information*

MARIO TEST

315

릴리 도날슨이 Steve J & Yoni P 2008 S/S 의상을 입고 나왔던 「VOGUE UK」
photo by Mario Testino

확실히 두번째 쇼가 끝나고 언론의 관심은 정점에 올랐다고 해도 과언이 아니었다. 그러나 브랜드가 커나가기 위해서는 그것만으로는 부족하다. 한 신생 브랜드가 패션 시장에서 자리를 잡으려면 홍보와 더불어 '세일즈'가 함께 일어나야만 한다. 팔리지 않으면 안 된다. 옷은 작품이기도 하지만 누군가가 입어줘야 하고 입을 수 있어야 의미가 있는 것이니까. 그걸 그제서야 깨닫기 시작했다.

삼성 패션디자인펀드에서 지원받은 돈은 두 번의 컬렉션을 치르고 나니 한푼도 남지 않았다. 다행히 그다음 회에도 선정이 돼서 두 번 더 컬렉션을 진행할 수 있게 됐지만 이대로라면 총 네 번의 컬렉션을 마지막으로 패션계에서 Steve J & Yoni P는 사라질 수도 있었다. 아무리 쇼가 좋아도 바이어가 따라오지 않으면 브랜드는 존재할 수 없다. 자생력을 갖지 못해 사라져가는 무수히 많은 브랜드들을 보면서 그제야 뒤통수를 맞은 듯 정신이 들기 시작했다. 사실 첫번째, 두번째 쇼를 하면서 우리만의 콘셉트와 스타일로 밀고 나가면 바이어는 자연스럽게 쫓아올 것이라고 생각했는데 현실은 녹록하지 않았다. 요니와 나는 캐릭터가 강해 눈에 띄는 반면 상업성은 갖춰지지 않은 신생 브랜드일 뿐이었다.

세번째 쇼였던 2008 F/W는 마침 스티브의 대학원 졸업작품전과 겹쳐 학교의 양해를 얻어야 했지만, 앞의 두 쇼만큼은 아니었어도 별탈 없이 마칠 수 있었다. 문제는 그다음. 네번째 컬렉션인 2009 S/S 쇼는 삼성 패션디자인펀드의 지원으로 할 수 있는 마지막 쇼였기 때문에 그 어느 때보다 위기를 느꼈다. 결국 좀더 체계적으로 준비해서 세일즈와 비즈니스에도 힘을 실어보려고 PR 회사에 스타일리스트를 소개해달라고 요청했다. 회사에서는 최종적으로 외국인 한 사람과 한국인 한 사람을 추천했는데 그중에서 한국인 스타일리스트는 이탈리아에 있다가 얼마 전부터 런던에서 일을 시작했다고 했다. 이제 막 시작하는 우리에게는 외국의 패션 인맥이 많은 현지 스태프가 필요했지만 그래도 한번 만나보자 싶어 PR 회사에서 주선한 회의에 참석했다.

스타일리스트 김예영은 전화통화로 느낀 것과는 사뭇 다른 모습이었다. 전화 목소리는 차분하고 카리스마가 느껴져 왠지 차갑고 도도할 것 같은 이미지였는데, 실제로 만난 그녀는 전형적인 동양, 아니 한국여성의 얼굴로 정감 가는 스타일이었다. 큰 광대와 가는 눈, 화장기 없는 얼굴에 정가운데 가르마를 탄 단발 생머리. 어떻게 보면 세련되고 어떻게 보면 촌스러운 아주 묘한 매력을 가진 외모였다. 그리고 그녀가 말을 시작했을 때 나는 전화상의 첫 이미지를 모두 날려버렸다. 이탈리아에서 모델을 하다가 잡지 『베니티페어Vanity Fair』 에디터로 일을 하게 됐고 영국 『엘르ELLE UK』와 연결이 돼 런던으로 왔다는, 유럽을 휘젓는 스타일리스트라는 그녀가, 아주 구수한 전라도 사투리로 이야기를 하는 거였다.

재미있기도 하고 조금 걱정스럽기도 했는데, 예영 언니는 다른 외국 스타일리스트들과 다르게 침착하고 쿨하게, 현실적으로 우리의 옷과 쇼에 대해 평했다. 장점은 무엇이고 부족한 점은 무엇인데 어떻게 하면 좀더 완성도를 높일 수 있을 거라며 아주 솔직하게 이야기해줬다. 사실 디자이너들은 창작하는 사람들이라 자존심도 세고 싫은 소리 듣는 걸 꺼리는데 예영 언니는 기분 상하지 않게 예민한 부분도 잘 집어냈다. 스티브와 나는 예영 언니가 몹시 마음에 들었고, 스타일리스트 김예영과 2009 S/S 컬렉션을 함께하기로 했다.

Stylist Ye young Kim

STEVE J
AND
JONI P.

VOGUE.COM

DAILY NEWS   Street Chic   Today in History   BEAUTY   QUICK LINKS
FASHION SHOWS   In The Papers   People & Parties   JEWELLERY   Latest News
VIDEO   Who's Who   Vogue.com Loves   MAGAZINE   People & Parties
TRENDS   News Archive   COMPETITIONS   Today's Street Chic

Home > Daily News > Introducing Steve and Yoni

Next Story >>
The New Swimwear
Contender

SEARCH **VOGUE**.COM

Introducing Steve And Yoni
23 July 2008, 03:25PM

SHORLISTED for the British Fashion Council's New Gen Awards and graduates of two of London's most renowned fashion colleges, Central Saint Martins and London College of Fashion, Steve J and Yoni P are a fashion duo to know about.

"Our style is modern and quirky, with joyful colour combinations. Pleats, manipulation and intricate cutting elements are key details," explain the designers, who have shown during London Fashion Week for the past three seasons and have already created a capsule range for TopShop.

While their autumn/winter 2008-9 collection was all about layered ruffled dresses and clean cut trousers, for spring/summer 2009, it's all about architecture and the fine arts.

"We looked at architectural structure to explore the sculptural and three-dimensional garment. Orange, pink and blue form the base palette for the collection, with silver and gold as accent colours," they confide.

Jessica Bumpus

Steve J and Yoni P

Sign Up for Daily News

enter your email   **SUBMIT**

Tip of
The Day
Stay on-trend –
customise old
jeans into shorts

Revlon Soft on the
Eyes Palette
Win a goody bag of Revlon
products

Going global
Search all the world's

2009

photo by Louis Park

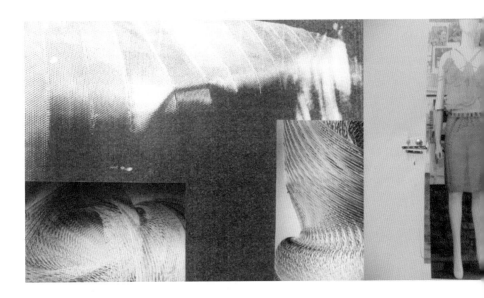

솔직히 그때까지 스타일리스트와 작업을 해본 적이 없었기 때문에 호기심 반 걱정 반
으로 예영 누나와 함께 쇼를 준비하기 시작했다. 사실 쇼 2주 전까지만 해도 예영 누
나가 어떤 역할을 하는지 애매했다. 별다르게 하는 일이 없는 것 같기도 하고 뭘 해낼
수 있을까 의문이 들기도 했다. 나중에 쇼를 하고 나서 알았지만 스타일리스트는 모델
을 캐스팅하고 스타일링을 하는 시점에서 강점이 드러나는 사람이었다. 그리고 과연
김예영이었다. 쇼 일주일 전 모델들이 오자 우리 옷에 맞게 모델을 고르고 스타일링을
하는 데에서 그녀의 진가가 발휘됐던 것이다. 누나는 우리의 콘셉트를 완벽하게 읽고
있었고 옷을 최고로 예쁘게 표현해냈다.

　　예영 누나는 스타일링 하는 감각을 보면 누구나 마음에 들어할 정도로 일에 있어
서 완벽한 사람이다. 디자이너가 뭘 보여주고 싶어하는지 정확하게 이해하고, 자신의
감각을 더해 작품을 업그레이드시킬 줄 아는 그런 사람. 그래서 요니와 나는 지금도
스타일리스트 김예영을 무한 신뢰한다.

"스티브, 무슨 말이야?"

"차라리 다 그만두자."

"뭘 그만둬?"

"……"

"설마 Steve J & Yoni P를 없애자는 소리야?"

"……"

"그래도…… 어떻게 여기까지 왔는데 그런 말을 해?"

"나라고 그러고 싶겠어? 지금 상황으로는 다음 컬렉션이 문제가 아니라는 거 너도 알잖아."

"……"

네번째 쇼가 끝났어도 세일즈는 여전히 숙제로 남아 있었다. 지난 쇼에서 좋은 스타일리스트를 만나고, 백화점 등 몇 군데 숍에 입점할 수 있게 됐지만 그것만으로는 역부족이었다.

네 번의 쇼로 삼성 패션디자인펀드의 지원은 끝났고 이제 정말 스스로 걸어야 했다. 그동안의 컬렉션으로 브랜드 이미지는 높아졌으나 펀드 지원금은 딱 쇼만 치를 수 있는 규모였기 때문에 레이블을 키워나가기 위한 자금이 부족했다. 패션 시장은 먼저 투자하고 나중에 회수하는 시스템. 주문을 받으면 먼저 내 주머니를 털어 옷을 만들고 숍에 납품한 뒤 판매가 되면 돈이 돌아온다. 공장에 지불해야 할 돈은 없고, 돈이 들어올 날은 멀고, 걱정 때문에 잠을 못 이루다보니 서로 더 예민하고 날카로워졌다.

결국 비빌 언덕은 가족뿐이라 한국에 있는 가족들에게 손을 벌리게 됐지만, 스티브는 우리 꿈을 이루자고 다른 사람들 희생시키는 건 싫다고 했다. 차라리 이쯤에서 그만두는 게 낫지 않을까 싶었던 거였다. 디자인 작업을 하면서 한 번도 서로 큰소리를 내본 적 없는 우리지만 이번만큼은 피할 수 없었다. 하지만 어떻게 여기까지 왔는데 지금 여기에서 그만두자고? 그런 우리의 상황을 아는지 모르는지 한국 언론에서 인터뷰 요청은 끊임없이 들어오고, 그 앞에서 우리는 아무 일 없는 듯 이야기하고, 솔직히 정말 미칠 노릇이었다. 디자이너는 디자인만 하면 된다고 생각했는데 현실은 그게 아니었다. 열심히 작품만 만들면 되는 학생 신분과 모든 비즈니스를 염두에 두고 옷을 만들어야 하는 프로 디자이너의 세계는 하늘과 땅 그 이상의 차이가 있었다.

사실 런던이라는 낯선 땅에 와서 여기까지 앞만 보고 달려온 시간이었다. 학교에 다니고 회사에서 일을 하고 우리 브랜드를 만들고 톱숍과 비즈니스를 하고 컬렉션을 네 차례나 치른, 이 모든 일들이 2~3년 사이에 일어난 일들이었다. 그러니 성취감만큼 정신적인 압박감도 대단했는데 바쁜 일정 속에서 그런 걸 돌아볼 여유가 없었다. 그러다보니 긴장과 부담도 함께 지속적으로 쌓여왔던 것이고. 좋아서 시작한 일이었고 꿈을 향해 나아가고 있지만 몸과 마음이 피폐해졌고 서로에게 날카로워질 수밖에 없었다. 나는 결론을 내렸다.

"스티브. 다음 쇼를 하지 말자."

"쇼를 하지 말자고?"

"응. 이렇게 가다가는 브랜드가 끝장날 것 같아. 너하고 나도."

"……"

"지금 이 상황에서는 안 하는 게 낫겠어. 다른 방법을 찾아보자."

steve j

그랬다. 그때 우리는 나름 주목받고 있었기 때문에 모두가 우리를 예의주시하고 있다고 생각했다. 그러다 우리가 원하는 것, 하고 싶은 것이 아니라 다른 사람들이 어떻게 생각할지에 더 예민해져 있었다. 주목을 받은 만큼 사람들의 기대가 컸고 거기에 응하고 싶은 욕심이 컸다. 언제나 잘하고 싶고 사람들에게 언제나 기대와 환호를 받고 싶었다. 그런 상황에서 쇼를 하지 않는다는 건 굉장한 결심이었다. 모든 걸 내려놓겠다는 말과도 같았다. 요니의 말이 맞는 걸 알면서도 순간 망설였던 건 그런 이유에서였다. 하지만 디자이너가 매번 쇼를 하면서 계속 올라가기만 할 수는 없는 일이다. 디자이너들도 모든 예술가들처럼 늘 평가를 받는다. 그리고 거장이라 불리는 디자이너들도 언제나 별 다섯 개의 평점을 받는 건 아니다. 좋을 때도 있고 아닐 때도 있다. 중요한 건 멈추지 않고 계속 앞으로 가야 한다는 것이다. 그래, 이번 컬렉션은 포기하자.

우습게도 내려놓으니 편안해졌다. 쇼를 해야 한다고 생각했을 때는 압박감도 크고 일이 안 풀리더니 쇼에 대한 욕심을 내려놓고 나자 술술 풀리는 것 같았다. 쇼를 할 때는 바이어보다 프레스가 좋아할 만한, 이미지가 강하고 독특한 느낌의 옷을 주로 디자인했다면, 쇼를 포기하니 상품성 있는 옷을 편안하게 디자인할 수 있었다. 다른 사람의 시선에서, 스스로에 대한 강박에서 자유로워지니 디자인에서 거품도 빠지고 요니와의 싸움도 줄었다. 그제서야 즐기면서 하는 게 무엇인지 알 수 있을 것 같았다. 일단 이번 시즌은 쇼를 포기하는 대신 세일즈에 전력투구하기로 했다. 요니와 나는 파리로 출발했다.

steve j

사실 영국은 바이어들이 거의 오지 않는 패션마켓이다. 다른 패션마켓에 비해 상업성이 현저히 떨어진다. 물론 바이어를 초청하긴 하지만 실제적인 판매가 일어나는 곳은 파리다. 그래서 대부분의 디자이너들이 런던에서 쇼를 하고 바로 파리로 넘어간다. 랑데뷰, 트라노이Tranoi 같은 유명 패션 트레이드 쇼에 참가해 부스를 배정받고 세일즈를 펼친다.

우리는 디자인한 옷을 들고 파리에서 열리는 '트라노이 트레이드 쇼'에 참가했다. 다음 시즌에 다시 쇼를 하기 위해서라도 이번에 정말 잘 팔아보자는 생각을 가지고 파리로 간 것이었다. 그런데 부스에 앉아 바이어를 기다리는데 왠지 안 맞는 옷을 입은 듯 불편했다. 요니와 나는 옷을 만들기만 했지 파는 것은 서툴렀다. 쑥스럽기도 했고 바이어가 옆 부스 디자이너의 옷을 사면 초조하고 우리 옷은 안 사가나 싶어 표정관리가 안 됐다. 결국 우리에게 진짜 필요한 건 세일즈 에이전시라는 사실을 깨닫고 마침 그곳에서 한 에이전시를 만났다. 영국과 파리를 중심으로 활발하게 활동하고 있는 세일즈 에이전시 중 한 곳으로, 그때 파리에서는 인연이 닿지 않았지만 이후 우리 브랜드의 세일즈 에이전시가 됐다.

역시 전문분야가 따로 있는 법. 에이전시와 함께 일을 하면서부터 조금씩 판매가 늘어났고, 조금 더 안정적으로 브랜드를 운영할 수 있는 기반을 만들었다. 또 다른 세상이 열린 것이다.

yoni p

쇼를 한 시즌 쉬었고 세일즈와 비즈니스에 집중하면서 어느새 그다음 시즌. 아무리 세일즈에 심혈을 기울였다고 해도 판매가 금세 펑 터질 리는 없다. 손에 쥐고 있는 자금이 여유롭지는 않으니 무턱대고 컬렉션을 할 수는 없고, 그렇다고 이번에도 쉬자니 브랜드가 잊힐 수도 있다는 불안감이 컸다. 사실 그 어떤 이유보다 디자이너로서 컬렉션을 하고 싶었다. 10여 분의 짧은 컬렉션을 위해 그 몇 백 배의 시간을 준비하는데, 그

기간은 힘들고 어렵지만 긴장과 설렘이 있고, 공연이 시작되는 순간 엔도르핀이 치솟는다. 일종의 활력이랄까? 그것으로부터 힘을 받고 또다시 한 시즌을 달릴 수 있다.

결국 해답을 찾지 못하고 있던 나는 다이앤 퍼넷을 떠올렸다. 브레드 앤드 버터에서 우연히 만났던 그녀를 트레이드 쇼에서도 우연히 다시 보게 됐고 연락처를 주고받은 후에 종종 연락을 나누곤 했었다. 때마침 런던에 일이 있어서 왔다는 소식을 듣고 그녀를 찾아갔다. 그녀라면 왠지 지금 이 상황에 꼭 필요한 조언을 해줄 것만 같았다. 아니나 다를까. 다이앤은 별 문제 아니라는 듯, 하지만 단호하게 이야기했다.

"요니. 내 생각에 캣워크 쇼(좁은 런웨이를 모델들이 걷는 일반적인 패션쇼)를 해야만 한다는 건 구시대적인 사고라고 봐. 캣워크 쇼를 하는 게 디자이너로서 꼭 지켜야만 하는 룰 같은 건 아니야. 돈이 많이 드는 캣워크 쇼보다 디자이너의 감성과 예술이 결합된 쇼를 프레스와 바이어들이 더 원하고 있어. 캣워크 쇼에 대한 미련을 버려. 너의 디자인을 보여줄 수 있는 색다르고 재미있는 쇼를 생각해봐."

steve j

다이앤의 조언에 힘입어 2010 S/S 컬렉션은 프레젠테이션 형식으로 하기로 했다. 돈도 얼마 없던 터라 장소 섭외가 가장 골치였는데 마침 PR 에이전시에서 정보를 하나 알려줬다. 영국에 거주하고 있는 외국 디자이너들의 경우 대사관 같은 자국 소유의 건물을 대여해 쇼를 열곤 한다는 것이다. 나는 한국대사관에 전화를 했고, 마침 트라팔가 광장Trafalga Square 쪽 런던의 중심가에 얼마 전에 문을 연 한국문화원을 이용할 수 있다는 이야기를 들었다. 그곳에서 프레젠테이션을 하기로 했다. 장소도 섭외했겠다. 쇼 콘셉트도 잡을 겸 휴식도 취할 겸 요니와 베를린으로 여행을 떠났다.

베를린은 기대 이상이었다. 과거 이데올로기 시대의 유물들과 현대예술이 함께 공존하고 있었고, 곳곳의 작은 갤러리에는 새로운 예술가들의 기발하고 창의적인 작품들이 전시되어 있었다. 요니와 지도 없이 골목 골목을 누비며 새로운 세계를 만끽했다. 베를린 곳곳에서 퍼핏puppet 인형(인형극에 쓰는 꼭두각시 인형)을 쉽게 볼 수 있었는

데, 한참 인형을 들여다보던 요니가 갑자기 인형을 만들고 싶다고 했다. 무슨 엉뚱한 생각인가 했는데 인형에 옷을 입혀도 재미있을 것 같았다. 그러니까 인형이 모델이 되는 셈. 새로운 개념의 프레젠테이션이 될 것 같았다.

여행이 끝나고 런던으로 돌아와 옷과 함께 인형을 만들었다. 실제 모델들과 함께 우리가 만든 옷을 입은 인형들을 곳곳에 설치해 관객들이 볼 수 있어야 했다. 쇼 전에 무대를 꾸밀 여유는 없었다. 장소가 한국문화원이다보니 우리 쇼 앞뒤로 다른 전시가 기획되어 있었던 탓이다. 게다가 언제나 그렇듯 인형만 설치해서 될 일이 아니었으니, 음악도 정하고 계획상 연주자도 섭외해야 했고 모델도 섭외해야 했다. 우리를 도와줄 인력은 없었고 결국 그 모든 일들을 예영 누나와 요니와 셋이서 다 해야 했다.

쇼 전날 밤 셋이서 무대 설치를 마쳤다. 크고 작은 소품 하나까지도. 우리 셋의 모든 에너지를 쏟아부은 것 같은 밤이었다.

2010

S/S

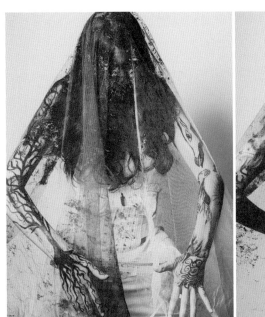

Style by Ye Young Kim
Photo by Rafael Stahelin

고생 끝에 낙이 온다고 했듯, 언론과 관객의 반응이 좋았다. 신인 디자이너들의 과감한 도전과 모험에 박수를 보내준 것이다. 이제는 어떤 것이 온다고 해도, 어떤 상황이 닥친다고 해도 두렵지 않을 것 같았다. 브랜드뿐만 아니라 나도 더 단단해지는 느낌. 쇼가 끝나고 예영 언니는 농담 반 진담 반 섞인 한마디를 던졌다.

"다시는 프레젠테이션 쇼는 못 하겠다. 이거 너무 힘들다 야."

Chapter 5
Steve J and Yoni P in Seoul

Steve J
and
Yoni P
in Seoul

yoni p

"요니, 한국에서 의뢰가 들어왔는데? 브랜드 총괄 디자인을 해달래."

"한국에서? 재미있겠다! 하자!"

"현장에서 컨설팅하려면 둘 중 하나는 한국에 들어가봐야 할 텐데 괜찮을까?"

그 일이 탐나기는 하는데 둘 다 갈 수는 없고. 런던에서의 일이 있기 때문에 누군가는 런던에 남아 있어야 했다. 의논 끝에 한국에서 의뢰해온 브랜드가 남성복 비중이 더 크기도 하고 영국에서의 비즈니스는 전반적으로 내가 맡고 있어서 스티브가 한국에 가기로 결정했다.

그런데 스티브가 한국으로 돌아가고 한두 달쯤 후였을까? 뭔가 큰 변화가 있을 것만 같은 느낌. 수화기 너머에서 들리던 스티브의 목소리에서 흔들림이 전해졌다. 아니나 다를까.

"요니, 아무래도 한국에서 일을 새롭게 시작하면 좋을 것 같아."

스티브는 한국으로의 '확장'이 아니라 우리 브랜드 기반을 한국으로 '이전'하자는 이야기를 하고 있었다.

한국의 일은 기한이 있었고 그래서 '잠시'라는 생각으로 한국에 들어왔다. 내 작업 상황은 열악했다. '임시로' 온 프리랜서 디자이너인 셈이라 따로 작업 공간을 마련할 수는 없으니 결국 커피숍을 전전해야 했다. 내 일을 도와주던 후배 한 명과 한두 달을 커피숍에서 살다시피 했다. 힘들기는 했지만 그렇다고 런던으로 가고 싶었던 건 아니었다. 일하면 할수록 패션 시장으로서의 한국이 매력적으로 다가왔기 때문이다. 삼성 패션디자인펀드 이후 한국 패션계에 발을 들이고 일을 해보니 생각했던 것보다 한국의 패션 시장이 훨씬 발달해 있었다. 업계 자체의 파이도 커지고 있는 상태였지만 아시아, 미국 마켓으로 향한 문도 열려 있었다.

그리고 기대했던 만큼 크지 않은 유럽 마켓의 한계에 대해서 고민할 때이기도 했다. 영국은 질이 좋은 옷을 소량으로 만들어내는 장인 스타일의 마켓이 갖추어진 곳이라 우리 같은 신생 브랜드의 경우 힘이 들었다. 제조업의 규모가 너무 작고 기술자들도 한정되어 있어서 한국에서 쉽게 얻을 수 있는 봉제기술도 영국에서는 구하기가 무척 어려웠다. 그러다보니 디자인에 다양한 기술을 마음껏 이용할 수 없고, 그런 한계 안에서 최고의 질을 뽑아내야 하니 때때로 높은 벽을 마주하는 것 같았다. 인건비도 문제였다. 그런 이유로 영국 내의 다른 브랜드들도 본거지를 발리나 중국 등 다른 나라에 두고 디자인과 생산을 하기도 했다. 나는 아주 진지하게 우리 브랜드를 한국으로 이전하는 걸 고민했다.

요니를 설득하기 시작했다. 이미 런던에 어느 정도 기반을 다지고 있던 상황인데다 문화도 잘 맞고 친구도 많고, 무엇보다 디자인하기에 영국만큼 좋은 환경이 없다고 믿는 요니를 설득하는 건 쉽지 않았다. 그러나 요니가 런던을 고집했던 만큼 당시의 나로서는 한국으로 넘어와야 한다는 확신이 있었다.

S 요니야. 우리가 영국에서 뭘 더 할 수 있을까?

Y 우리는 지금까지 런던을 기반으로 해왔어. 그래서 우리에게
국제적인 디자이너라는 이미지가 있는 거고.
콘셉트 잡기에도 여기가 좋아.

S 나도 알아. 하지만 인터넷이 잘 발달돼 있어서
자료는 어디에서든 다 찾아볼 수 있어.

Y 직접 보는 것과 같을 수는 없어.

S 영국은 시장이 너무 좁아. 거긴 우리 같은 신생 브랜드가 크기엔
적합하지 않아. 내가 와서 보니 한국이 훨씬 나아. 한국 마켓은
세계적인 규모로 커지고 있어. 여기에서 비즈니스를 키워야 해.
그래야 미국 마켓으로도 진출할 수 있을 거야.

Y …….
정말 그렇게 생각해? 확신하는 거야?

S 그래, 확신해. 우린 한국으로 와야 해.

나는 스티브에게 쏘아댔지만 알고 있었다. 내 이야기를 스티브 역시 다 알고 있다는 걸. 알면서도 내게 한국행을 고집하는 데에는 분명한 이유가 있을 거라는 걸. 그래서 흔들리기는 했지만 한국으로 돌아가는 건 역시 내키지 않았다. 아무리 한국이라지만 런던을 떠나 다른 곳에 둥지를 튼다는 것이 흔쾌히 받아들여지지 않았던 거다. 게다가 힘들게 여기까지 왔는데, 이제 겨우 영국에서 자리를 잡기 시작했는데 이걸 다 버리고 한국으로 돌아가 다시 시작할 생각을 하니 엄두가 안 나기도 했다. 고민을 거듭하다 다이앤에게 조언을 구하기로 했다. 내 얘기를 듣고 난 그녀의 한 마디.

"네가 어디에 있는 게 무슨 상관이야?"

내가 고민했던 수많은 시간들을 날려버리는 한 방. 다이앤은 내가 가장 잘할 수 있고 편안한 곳이면 되지 꼭 있어야 하는 곳이 있는 건 아니라고 말했다. 그래 맞아, 어디에 있든 나만 잘하면 되는 거지, 장소가 그리 중요하겠어. 생각해보면 말도 통하지 않는 영국에서 이만큼 잘해왔는데 한국에 돌아가서 못 할 게 뭐가 있겠어. 어쩌면 스티브 말대로 한국으로 돌아가는 것이 비즈니스적으로도 도약할 수 있는 기회가 될 것 같기도 했다. 기술력을 마음껏 이용할 수 있는 곳에서, 말도 잘 통하는 곳에서 다시 한 번 꿈을 펼쳐보고 싶어졌다. 떠오르고 있는 아시아 마켓의 중심인 한국에서 브랜드의 뿌리를 내리고, 세계적으로 가장 큰 시장이라는 미국까지 진출해보자, 이렇게 목표를 세우고 나니 마음이 홀가분해졌다.

"스티브, 갈게. 한국으로 간다구!"

결혼. 그게 문제가 될 줄은 몰랐다. 런던에서 함께 생활을 하면서 결혼을 하지 않은 데는 두 가지 이유가 있었다.

첫째, 정말 너무 바빴다. 결혼을 생각할 겨를이 없었다. 결혼도 쇼만큼이나 돈과 시간을 필요로 하는 일이었으니까. 결혼은 요니에게도 나에게도 전혀 우선 순위가 되지 않았다. 돈과 시간이 있다면 무조건 옷을 만드는 쪽이었다. 둘째로 디자이너는 트렌드를 주도하는 일을 하는데 왠지 부부보다 파트너, 커플의 이미지가 더 나을 것 같았기 때문이다. 그리고 결혼을 하든 안 하든 서로에 대한 마음은 전혀 다를 게 없었고.

그러나 한국에 돌아오니 얘기가 달라졌다. 양가에서 결혼하지 않고 함께 지내는 걸 허락하지 않았던 것이다. 어쩔 수 없었다. 한국에 돌아온 만큼 한국 정서에 맞추기로 했다. 함께한 15년 동안 앞만 보고 달려왔으니 한숨 돌릴 시간을 갖는 것도 좋겠다는 생각도 들었다. 지나보니 그때의 걱정은 기우였다. 결혼 후 좀더 안정적이 됐고 편안해졌다. 어쩌면 함께 일하는 친구들도 안심했을지도 모른다. 한 브랜드의 공동 디자이너가 커플 관계라는 건 크리에이티브하고 핫한 느낌이지만 반대로 언제 헤어질지 모르는 조마조마한 관계이기도 하니까.

결혼식은 일사천리로 진행됐다. 결혼 이야기가 나오고 한 달 만에 커플에서 부부가 됐다. 그야말로 초스피드 결혼식. 결혼식 준비를 하는 사이 주변 사람들은 걱정이 태산이었다. 당사자인 요니와 나? 어떻게든 되겠지.

화려한 예식장, 잘 빠진 순백의 웨딩드레스, 반짝이는 티아라. 나와는 거리가 먼 얘기. 어쩔 수 없는 게 아니라 정말 내 스타일이 아니었으므로 관심이 없었다는 말. 그런 건 다 필요 없고 이왕 하는 결혼식이니 특별했으면 했다.

"내가 후크 선장, 네가 팅커벨 분장을 하고 등장하면 재미있지 않을까?

옷은 당연히 우리가 만들고."

"그럼 아예 놀이공원에서 하는 건 어때?"

"오, 진짜 재미있겠다!"

그리고 그런 논의(?) 끝에 정말 한 놀이공원을 찾아갔다. 한 번도 사적인 공간으로 쓰인 적이 없다며 거절을 당하긴 했지만. 부랴부랴 새로운 장소를 물색해서 선택한 방법은 선상 결혼식. 하지만 결혼식 날짜가 코앞이라 우리가 쓸 수 있는 배는 단 한 척의 매우 낡은 배였다. 따지고 잴 시간이 없었으므로 그 배로 결정했다.

문제는 따로 있었다. 둘 다 워낙 일복이 많아서 결혼식 전날 밤에도 늦게까지 우리는 야근 중이었다는 것. 그리고 나는 일을 끝내고 돌아와서 밤새도록 내가 만든 웨딩드레스에 비즈를 달았다.

결혼식 바로 전날 신랑 신부의 모습이었다.

Y 생각해보면 재미있지 않았어? 그날 눈도 많이 왔고.

S 눈이 쌓여서 배가 낡은 티가 안 났는데 잘됐다 싶었지.

Y 축가도 우리가 부른다고 일주일 내내 노래방에서 연습했잖아.

S 〈너에게 약속하는 7가지〉였나?

Y 응. 가사 중간에 반지 나오는 부분에서 네가 꽃반지 끼워주고.

S 맞다. 맞다. 꽃반지. 그거 어쨌냐?

Y 당연히 없지! 그게 아직까지 있겠어?

S 결혼 반지로 꽃반지 받는 신부가 어딨어? .

Y 원래 반지 안 끼는데 무슨 소용이야.

　 그리고 난 꽃반지가 더 좋았어.

S 어른들은 진짜 황당했을 거야. 노랑머리, 짙은 아이라인에

　 족두리 쓴 신부랑, 장발에 콧수염 기르고 상투 튼 신랑이랑.

Y 아. 폐백할 때?

S 응. 웨딩 카도 두 대였잖아. 콧수염 붙인 차랑 노랑머리 붙인 차랑.

　 누가 봐도 스티브 차, 요니 차 티나게.

Y 그러고 보면 결혼식 안 내킨다고 했는데 정작 안 한 거 없다?

　 드레스에 턱시도, 축가, 반지, 폐백, 웨딩 카까지.

S 그러게? 할 건 다 했다 야.

2010년 1월 16일. 정혁서, 배승연 결혼!

신혼여행은 필리핀의 보라카이로. 이왕 시간을 내서 해외에 나가는 것이라 홍콩의 패션 시장을 알아보기로 해서, 2박3일 동안 홍콩을 경유했다. 홍콩에 도착한 요니와 나는 신혼부부가 아니라 디자이너로 돌아와 있었다. 그동안 유럽에 치우쳐 아시아 마켓을 볼 수 있는 기회가 상대적으로 적었기 때문에 우리에게 이번 여행은 좋은 기회였다. 화려한 홍콩의 숍들을 꼼꼼히 관찰했다. 요니는 마음에 드는 숍을 꼽으며 농담 반 진담 반으로 다음 시즌에 우리 옷을 그 숍에 걸어야겠다고 말했다. 다음 시즌은 이르겠지만 언젠가 그런 날이 오겠지?

보라카이에 도착했다. 이런 시간이 얼마 만인지. 그동안 너무 치열하게 살아왔으니 쉴 수 있다는 것만으로도 들떴다. 그래, 이 시간만큼은 다 잊어버리고 즐기자!

이국적인 동남아시아의 풍경과 해변을 배경으로 모든 수상 레포츠를 경험하고 맛있는 음식도 잔뜩 먹으며 보낸 꿈같은 시간들. 그러던 어느 하루, 하늘이 어둑해질 무렵 레스토랑에는 색색깔의 등이 하나둘 켜지기 시작했다. 그때 눈에 들어온 한 가지.

"스티브, 저 도마뱀!"

"요니야, 저 도마뱀 어때?"

우리는 동시에 등에 그려져 있던 작은 도마뱀 그림을 가리키고 있었다.

같은 느낌, 같은 생각. 그 순간 신혼부부는 다시 두 명의 디자이너로.

이때의 아이디어로 나온 것이 2011 S/S 정글 캠프.

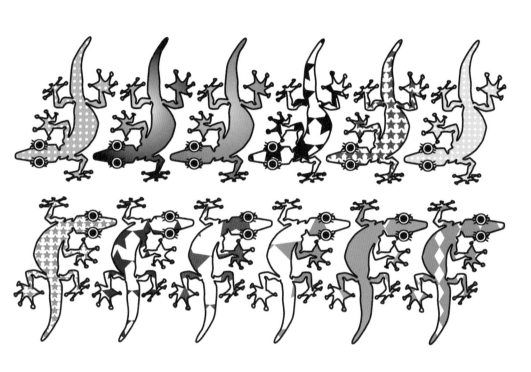

신혼여행 일주일 후 요니가 런던으로 돌아가 그곳의 남은 일들을 정리하고 돌아왔다. 그리고 3일 만에 '커피숍 작업 중단'을 선언했다. 우리는 그때까지 커피숍을 돌며 작업을 하고 있었는데 요니는 도저히 견딜 수 없다고 했다. 나는 익숙해져서 작업실을 구할 생각을 미처 못 했는데 요니는 그게 아니었던 것이다. 사실 오랜 시간 앉아 있자니 눈치도 보이고, 모든 걸 차에 싣고 다니는 상황이라 생산성도, 효율성도 떨어진다는 요니의 지적은 틀리지 않았다.

런던에서 집을 구할 때처럼 말 끝나기가 무섭게 부동산으로 달려갔다. 이번 조건은 영국에서보다 간단했다. 장소는 트렌디한 곳이어야 하되 작업실로만 사용 가능할 것. 사실 런던에서 작업실과 생활 공간을 분리하지 않았던 것은 어디까지나 살인적인 물가와 이방인이라는 제약 때문이었다. 일하는 공간과 생활하는 공간이 한곳에 있으니 일상이 피폐해졌다. 조금만 더, 조금만 더 하다가, 그렇게 일에 파묻혀 살았다. 그래서 한국에 올 때 한국에서만큼은 집과 작업실을 따로 두기로 요니와 일찌감치 약속을 해놓았다.

가로수길의 어느 사무실 하나를 골랐다. 우리가 봤던 곳 중에서 최고는 아니었지만 최선의 선택이었다. 넓고 깨끗했고, 무엇보다 바로 들어가 사용할 수 있었다.

다음 날 커다란 테이블 하나와 전화기 한 대가 사무실에 놓였다. 썰렁하기 이를 데 없는 공간. 그럼에도 후배와 요니, 나 이렇게 셋은 뭐가 그렇게 좋은지 낄낄거렸다. (그때 같이 웃던 그 후배는 지금도 우리 브랜드 팀장으로 함께 일하고 있다.) 이사도 했겠다 짜장면을 시켜먹고 다시 업무 시작. 우리의 새로운 작업실의 탄생이었다.

헐레벌떡 올라탄 택시. 노랑머리에 진한 아이라인. 눈에 띄는 옷과 신발.

"아저씨, 연대 생활과학관이요!"

"어이구, 학생 지각했나봐? 일찍 다녀야지."

"아저씨 저 강의하러 가요. 학생이 아니라 선생이거든요."

'제가 선생인데요'라고 말할 때의 사람들의 놀란 눈빛은 언제 봐도 재미있다.

연세대 의류직물학과에 출강을 하게 됐다. 일주일에 하루, 그 정도면 본 업무에도 지장이 없겠다 싶었고 런던에서 공부했던 것과 쌓아온 경험을 학생들에게 전해주고 싶던 차에 좋은 기회였다.

나는 영국에서 수업받은 대로 학생들을 가르쳤다. 영국에서 공부할 때 가장 좋았던 것은 학생 개개인의 아이디어나 개성에 맞게 개별적으로 훈련시킨다는 것이었다. 사실 패션이라는 것이 저마다 다르게 표현되는 거라 똑같이 가르치는 건 무리다. 나는 과감히 강의 스케줄을 없애고 학생들과 일대일로 매 시간 이야기를 나눴다. 오늘 아이디어는 어떻게, 어디까지 얻었는지, 앞으로 어떻게 표현할 건지 상의했다. 그리고 중간중간 프레젠테이션을 통해 진행상황을 설명하게 했다. 수업은 자유로웠다. 꼭 강의실이 아니어도 되고 도서관이나 미술관으로 가도 좋다고 얘기했다. 단, 확실하게 프레젠테이션을 준비하고 작품을 완성할 것. 스스로 지키는 자유였다.

처음엔 어리둥절해하던 학생들은 한 달쯤 지나자 적응한 것 같았다. 학생들이 조금씩 자기 색깔을 드러내고 발전하는 걸 보면서 기쁘고 뿌듯했다. 영국에서 나를 가르쳤던 교수님들도 그런 생각을 했을까? 아마도 그랬겠지? 꿈으로 가득 찬 그 시기를 누구보다 가열차게 겪었던 나는 이제 그들에게 힘이 되는 존재이기를 꿈꾼다.

2010 F/W는 한국으로 돌아와 여는 첫번째 컬렉션이었다. 런던에서 돌아왔다는 티를 내고 싶지 않았고, 캣워크 쇼가 아니어도 된다는 걸 경험으로 알고 있었다. 때문에 한국에서도 프레젠테이션 형식으로, 재기 발랄한 쇼를 했으면 했다. 고민에 고민, 의논에 의논. 그러다 문득 여자가 아름다워지는 공간은 화장실이라는 생각이 들었다. 중요한 만남을 앞둔 여자들은 모두 화장실에 들러 자신의 옷매무새를 만지고 화장을 고친다. 거기에 착안했다. 런웨이에 화장실 세트를 만들고 그 안에서 아름다운 모델들이 걸어나오고…… 기발하고 재미있을 것 같았다. 일명 '토일렛 쇼Toilet Show'였다.

무대는 직접 만들기로 했다. 세트 전문가에게 맡길 수도 있지만 우리의 손을 거쳐야 우리 감성이 묻어난다는 것 역시 잘 알고 있었기 때문이다. 화장실을 만들기 위해 스태프들과 낡은 문짝과 오래된 변기를 찾아 재개발 지역을 헤매기도 하고, 매일 철물점을 드나들며 필요한 물품을 구해 조립하고 분해하기를 여러 번, 몇 달의 고생 끝에 세트를 완성했다. 결론적으로 말하자면 디자이너의 의도에는 맞지만 조금은 허술한 화장실이 탄생했다.

드디어 쇼 타임!

yoni ℗

"스티브! 어디 있어? 곧 쇼가 시작해!"

"뭐라고? 안 들려! 요니야, 안 들려!"

스티브의 우렁찬 목소리. 당황한 스티브가 화장실 세트에서 달려나오자 불이 꺼지고 쇼가 시작됐다. 계획과 실제가 오묘하게 겹친 오프닝. 보통 쇼에서 디자이너는 피날레에 등장하는데 이번 쇼에서 우리는 좀 색다른 등장을 계획했다. 오프닝에 방송 사고가 난 듯한 콘셉트로 스티브는 화장실 세트에 숨어 있고 내가 스티브를 찾으면서 시작하기로. 나름의 파격이자 역발상. 그런데 정말 사고가 났던 것이다. 내 목소리가 잘 들리지 않았던 스티브가 정말 문제가 생긴 줄 알고 당황해서 달려나왔다. 마침 음악이 흘러나오면서 쇼는 시작. 다행스럽게도 워낙 콘셉트가 독특했기 때문에 그마저도 설정으로 비춰졌고 오히려 관객들이 즐거워했다. 하지만 스티브는 처음에 얼마나 놀랐을까?

토일렛 쇼의 반응은 뜨거웠다. 언론에서도 화제가 돼서 국내 매거진에 기사가 쏟아져나왔고, 바이어들의 호감을 얻는 데도 성공했다. 그리고 몇 곳의 백화점과 가로수길의 편집 숍에 입점할 기회를 얻었다. Steve J & Yoni P라는 브랜드가 한국에서 목소리를 내기 시작한 것이다.

토일렛 쇼 이후 또 한 가지 고무적인 일은 홍콩 마켓에서 연락이 왔다는 것. 보라카이를 가기 전에 들렀던 홍콩에서 요니가 마음에 들어했던 그 편집 숍이었다. 다음 시즌에 우리 옷을 꼭 걸겠다는 무모한 다짐이 현실이 된 것이다. 사실 그 편집 숍은 홍콩 굴지의 셀렉트 숍 '디몹D-Mop'이었다. 스타일이 마음에 들어 꼭 우리 옷을 입점시키고 싶었던 곳인데 연락이 온 것이다. 나중에는 홍콩에 있는 일곱 개의 모든 편집 숍과 백화점에서도 주문이 들어왔다. 게다가 우리를 두고 그들끼리 신경전이 벌어졌다. 경쟁이 굉장히 치열했고 디몹은 나머지 다른 편집 숍에서 주문한 물량까지 모두 소화할 테니 독점권을 달라고 했다. 당황스럽기도 했지만 솔직히 기분이 좋았다.

사실 우리 브랜드가 아시아 마켓에서 주목을 받을 수 있었던 건 '사람들'의 힘이 컸다. 한 브랜드가 시장에서 자리를 잡고 또 새로운 시장으로 진출하는 데에는 기본적으로 옷과 브랜드 자체의 힘이 있어야 하지만 완벽한 컬렉션이 가능하도록 도와주는 스타일리스트와 모델 들이 있고 그 옷과 디자인을 주목하고 알리는 언론이 있다. 그리고 실질적으로 판매를 가능하게 해주는 바이어들이 있다. 그들이 있었기 때문에 우리 브랜드가 짧은 시간 안에 이렇게 많은 것들을 이룰 수 있었다.

이제 명품은 무조건 해외 브랜드라는 편견도 없고 해외 디자이너들에 대한 절대적인 호감도 사라진 지 오래다. 그렇게 만든 건 다 한국 패션계를 위해 힘써온 사람들 덕분이다.

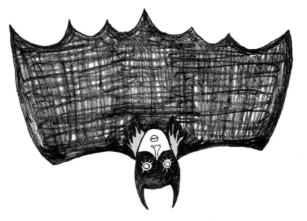

STEVE J & YONI P

결혼부터 토일렛 쇼까지. 한국에 온 지 3개월 만에 일어난 일이다. 아마도 요니나 나 둘 다 뭔가 하고 싶은 일이 생기면 밀어붙이는 성향이 있기 때문에 가능했을 것이다.

요니와 내가 해온 작업들 중에서도 콜래버레이션은 활력소 같은 일이다. 다른 브랜드나 편집 숍과 함께하는 작업은 계속해서 새로운 것을 선보이고 또 다른 생각을 해볼 수 있는 여지를 만든다. 각각의 콜래버레이션 작업마다 성격에 맞는 라벨을 따로 만드는데, 의미를 담아 손수 그리는 세심한 작업 하나하나가 나에게는 에너지가 된다.

그중에서도 '10 코르소 코모10 Corso Como'와의 작업은 나를 특히 들뜨게 만들었다. 그곳에 브랜드를 입점한다는 건 디자이너로서 명예의 전당에 들어가는 것과도 같은 의미였으니까. 그래서 내내 신나게 작업했다.

콘셉트는 패셔니스타의 '스타'를 모티프로 잡고 '패셔니스타들에게 인기 있는 숍'을 만드는 것이었다. 10 코르소 코모 안에 있는 팝업 스토어 부스 안에 세계적인 패션 셀리브리티들의 얼굴을 그려 이어놓고 그사이에 거울을 달아놨다. 그래서 그 거울 앞에 서면 그 사람의 얼굴이 셀리브리티들 사이에 놓이게 된다. 이를테면 당신도 패셔니스타라는 의미.

별을 다양하게 활용해 얼굴을 만들기도 하고, 콧수염을 만들기도 했다. 어렸을 때 많이 그렸던 별을 떠올리며 크레파스로 칠한 듯 프린팅이 된 옷들은 반응이 폭발적이었다. 동대문에는 우리 옷의 카피 본이 깔렸다. 걱정이 되기도 했지만 한편으로는 신기하기도 했다. 동대문에 카피 본이 깔린다는 건 그만큼 우리 옷이 사람들에게 인식이 되고 인기가 있다는 의미였으니까.

덕분에 이 작업 이후 Steve J & Yoni P는 친화력 있는 브랜드로 거듭났고, 셀리브리티들의 '셀럽디자이너'라는 타이틀이 붙기 시작했다.

(왼쪽) 10 코르소 코모와 콜래버레이션을 진행했던 팝업 스토어 부스
우리는 자체적인 비즈니스 이외에도 다른 브랜드나 편집 숍과 다양한 콜래버레이션을 진행해오고 있다. Steve J & Yoni P's collaboration collection for 10 Corso Como Seoul. Steve J & Yoni P's collaboration with JEFF KOONS. Steve J & Yoni P's 'Jungle Camp' collaboration collection for SHINSEGAE Bluefit. Steve J & Yoni P's 'SAVE THE PENGUINE' campaign collaboration for Munsingwear 등.

"야, 너랑 진짜 잘 맞는 것 같아."

스티브는 영국에 있을 때부터 한국의 텔레비전 방송을 보고 그와 내가 똑같은 노랑머리에 크게 웃고 말이 많은 게 닮았다고 놀리곤 했다. 그래도 실제로 그와 마주치게 될 줄은 몰랐다. 게다가 이렇게 죽이 맞을 줄이야. 홍철이와 내 이야기다.

두번째 방송 출연이었던 〈상상의 별〉이라는 프로그램에서 처음으로 노홍철을 만났는데 예상대로 친화력이 대단했다. 나조차도 '도대체 저 에너지는 어디서 오는 거야?'라는 생각이 들었다. 그 방송이 인연이 돼서 홍철이와는 지금까지도 친한 형, 누나, 동생으로 지내오고 있다. 그런데 홍철이도 워낙 새로운 일, 재미있는 일을 만들고 해보는 걸 좋아했는데 비슷한 세 사람이 만났으니 그냥 넘어갈 리 없었다.

"누나 누나, 크리스마스인데 뭐 재미있는 거 같이 하면 어때?"

"좋지. 그럼 우리, 옷 만들어서 팔까?"

"오! 그거 재미있겠다! 그럼 루돌프 옷 만들자. 크리스마스니까! 어때 어때?"

홍철이다웠다. 크리스마스라고 루돌프 옷을 만들자니. 판매는 홈쇼핑을 이용하기로 했다. 조금 낯선 시장이긴 하지만 시스템이 잘 갖추어져 있고, 강한 이미지의 우리 셋이 한데 모여 텔레비전에 나와 직접 옷을 판매한다는 게 재미있을 것 같았다. 우리 브랜드의 특징 중 하나가 발랄하고 위트 있다는 건데 그런 점에서 잘 어울릴 것도 같았다. 게다가 1년에 단 하루, 누구나 행복해질 수 있는 특별한 하루, 크리스마스였다. 어쩌면 그것만으로도 해볼 만한 이유가 아닐까? 나는 마음을 정했고 우리만의 깜짝 이벤트를 준비하기 시작했다.

물론 시간적인 여유는 없었다. 스티브와 나는 우리대로 정신없이 바빴고 홍철이는 말할 필요도 없었고. 그러니 우리 셋이 함께 아이디어 회의를 할 수 있는 시간은 언제나 자정이 가까워진 시간. 피곤할 만도 한데 셋이 모이면 다시 에너지 충전. 가로수길의 작업실 불은 꺼질 줄 몰랐다.

"루돌프 이미지로 패턴을 만들고, 여기에 귀를 다는 건 어때? 이렇게 귀를 덮는 거야."

"좋아 좋아. 이왕 하는 거 루돌프 뿔도 달자!"

"뿔?"

"크리스마스니까!"

"음…… 괜찮을 것 같다."

"잠시만 있어봐."

홍철이는 갑자기 창문을 열고 어둑한 가로수길을 두리번거리더니 지나가던 아저씨를 불러 세웠다.

"형님~! 여기요! 잠깐만 올라와서 사진 좀 찍어주세요!"

이 현장을 사진으로 남겨야 한다나 뭐라나. 결국 살짝 술에 취한 아저씨가 작업실에 올라와서 우리 모습을 사진에 담았다. 그 아저씨, 기억은 하실까?

판매 당일. 노랑머리에 진한 아이라인, 장발에 콧수염, 노랑머리에 턱수염. 남다른 셋이서 우리가 직접 만든 옷을 입고 카메라 앞에 섰다.

매진 임박, 판매 종료, 메리 크리스마스!

S 런던에서부터였지 아마도?

Y 응. 도서관에서 70년대 잡지를 봤는데 사진 속 인물들이 이런 아이라인을
   하고 있었어. 정말 시크하고 매력적이라 나도 해보고 싶어서 그려봤지.
   이게 그 시대 메이크업 사조라고 하더라.

S 어울려. 근데 동네 슈퍼 갈 때도 그리고 나가는 거 안 귀찮아?

Y 전혀. 너도 알잖아? 몇 초 만에 뚝딱 그리는 거.
   이제 안 하면 너무 허전해.

S 인정해. 지금 머리는 첫번째 컬렉션 끝나고였지?

Y 맞아. 한국에 왔을 때 아프로 머리가 좀 구식으로 느껴지더라고.
   그때 머리에 조그만 모자 얹어 쓰던 거 기억나? 그것도 스타일링에
   한계가 있고, 디자이너도 어떤 캐릭터가 필요한 것 같아서 고민 하다가
   블론드로 염색을 했던 건데. 내 생각엔 괜찮았어.

S 한국 사람이 그 블론드 칼라가 어울리기 힘든데 너는 확실히 튀는 게
   잘 어울려.

Y 너도 만만치는 않았다? 런던에 있을 때 드레드락스 한다고 노숙자한테
   물어봤잖아?

S 기억하네? 그때 지하철 역 앞에서 구걸하던 아저씨 헤어스타일이 진짜
   부러웠거든. 덩어리로 뒤엉켜 있던 머리가 너무 스타일리시해 보이는 거야.
   그래서 물어봤잖아. 머리 너무 예쁜데 어디서 한 거냐고.

Y 얼마나 황당했겠어? 그냥 안 감아서 그렇게 된 건데.

S 그러니까. 모자는 춤출 때 쓰던 게 습관이 돼서 쓰기 시작했고.
   헤드스핀 할 때 헬멧 쓴 채로 춤추고 나면 땀 범벅인데
   머리는 진짜 답이 없는 거야. 그래서 모자가 필수였거든.

Y 수염은 런던에서 무슨 페스티벌에 나간다고 기르기 시작한 거였잖아?

S 브라이튼 머스태시 페스티벌. 지금 생각하면 진짜 재미있어.

Y 그러고 보면 런던에서부터였던 것 같아. 캐릭터를 만들어야 한다고
생각했던 건. 왜소한 동양의 디자이너들이라는 소리를 듣고 싶지
않았으니까.

S 이렇게 스타일이 명확해서 좋아. 프레스나 바이어들이 우리 옷이
편하고 유쾌한데 디자이너한테도 그 옷이 느껴져서 기억하기 쉽다는 말
자주 하잖아? 난 지금 우리 모습이 좋아.

Y 나도. 딱 그림이 떠오르잖아.

머스태시 스티브Mustache Steve, 아이래시스 요니Eyelashes Yoni!

Chapter 6
Flagship Store, Two heads are better than one

Steve J & Yoni P

Flagship Store,
Two heads are better than one

yoni p

집을 가지고 싶었다. 나와 스티브가 만든 옷들이 뚜벅뚜벅 세상으로 걸어나갈 수 있는 그런 집. 늘 우리 옷들을 백화점이든 편집 숍이든 다른 곳에 부탁해 세상과 만나게 했지만, 앞으로도 그럴 테지만 적어도 '우리 집'이 있었으면 했다. 자기 브랜드를 가진 디자이너들은 모두 그 꿈을 꾼다. 한국에 와서 활동한 지 1년. 길지 않은 시간을 정신없이 달려왔다. 여전히 갈 길이 멀지만 앞으로 남은 긴 레이스를 위해서 스티브와 나는 우리만의 보금자리, 우리의 첫번째 플래그십 스토어flagship store를 만들기로 했다.

steve j

어디가 좋을까? 곳곳을 찾아다니던 중 많은 예술가들이 숨어 있는 이태원, 번화한 중심가를 조금 벗어난 한남동 뒷골목에 30년 된 세탁소가 자리한 4층짜리 건물이 있었다. 요니는 세월이 묻어나는 빈티지한 건물이, 허름하지만 확 트인 3층 테라스가 마음에 든다고 좋아했다. 번쩍이는 새 건물의 화려한 사무실을 원했던 게 아니라 그 건물이 마음에 들었다. 1, 2층은 숍으로, 3층은 사무실로 쓰면 될 것 같았다. 숍과 디자이너의 작업실이 함께 있는, 그래서 사람들이 옷을 보러 들어왔다가 그 옷을 직접 만든 디자이너와 마주칠 수 있는 그런 플래그십 스토어를 만들고 싶었다. 상업적이라기보다 이웃집에 놀러 온 것 같은 느낌을 주고 싶었다. 그 건물은 우리의 계획에 잘 어울릴 것 같았다.

SieveYoni Terrace

그동안 무대 세트를 만든 경험도 있고 내 손으로 만들고 싶다는 욕심에 전문가에게 의뢰하지 않고 직접 공사를 하기로 했다. 필요할 때마다 기술자들에게 요청해 공사를 진행했다. 전혀 체계적이지 않은 공사였다. 예를 들어 벽에 큰 창을 설치해야겠다 싶으면, '그럼 벽을 뚫어야겠구나' 하고 공사하는 분들에게 부탁해 벽을 뚫는 식이었다. 때는 한겨울, 뻥 뚫린 벽과 뚫어놓은 천장, 터진 수도관, 상황은 엉망이었다. 그 와중에 한쪽에서는 2011년 S/S 서울 컬렉션을 준비하고 있었다.

"설마 누가 훔쳐가진 않겠지?"

컬렉션 의상들을 만들어두었는데 작업실 문이 없었다. 왜냐하면 문을 뜯어버렸으니까. 정말 어느 분야나 왜 전문가들이 있는지, 그리고 왜 어떤 일이든 전문가에게 맡기는 게 제일인지 절실하게 느꼈다. 컬렉션 준비를 하는 내내 우리는 패딩 점퍼를 입고 손을 호호 불어가며 작업을 해야 했다. 휑하니 뚫린 벽으로 불어닥치는 겨울 바람과 냉기를 고스란히 맞아야 했으니까. 오래된 건물이라 하나를 막아놓으면 다른 데가 터지고 그걸 고쳐놓으면 또 다른 곳이 터지고. 결국은 그 혹독한 겨울을 다 보내고 3월이 되어서야 우리는 두 손을 들었다. 전문가를 모셔왔고 공사를 의뢰했다.

처음부터 인테리어, 시공 전문가에게 일을 맡겼더라면 아마 큰 문제 없이, 빨리 제 모습을 갖췄을 텐데. 하지만 그만큼 덜 들여다봤을 것이고 애가 덜 탔겠지? 실제로 직접 공사를 진행하는 동안 탈도 많고 손해도 봤지만 그만큼 쓸고 닦고 풀고 조이면서 울고 웃었다. 그런 시간들이 있어서 더 정이 가고, 완성되어가는 집을 보며 애틋하고 뿌듯했다. 사건 사고 많았던 우리 집이 그렇게 조금씩 완성되고 있었다.

오픈식 전날. 여전히 공사는 진행 중이고 창이 들어갈 자리는 뻥 뚫린 채였다. 외벽에 페인트 칠을 해야 하는데 설상가상으로 비가 내렸다. 3층 사무실에 모두 모여 대책 회의를 시작했다. 할 수 있는 것과 할 수 없는 것들을 체크했다. 지금 이 시점에서 하고 싶은 대로 다 하는 건 불가능했다. 욕심을 부리다가는 아무것도 안 될 게 뻔했다. 포기할 건 포기해야 했다.

다음 날, 어제보다 얼추 꼴을 갖췄지만 여전히 공사 잔여물들이 군데군데 남아 있었다. 그나마 다행이었던 건 1층 숍의 디스플레이 콘셉트가 '정글 캠프'라 쌓여 있는 모래 더미는 그대로 두면 됐다. 공사하는 분들과 콜래버레이션을 한 셈. 모두가 재빠

르게 움직인 덕에 그럴듯한 스토어가 얼굴을 드러냈다. 1층에서 3층까지 천장을 뚫고 나선을 그리며 올라가는 원형 계단은 인테리어의 핵심이었다. 런던과 파리를 오가던 시절, 옛 건물에서 보았던 나선형 계단은 오래된 로망이었고, 우리만의 플래그십 스토어가 생기면 꼭 저런 계단을 만들겠다 마음먹었는데 그 꿈을 이룬 셈이다. 그리고 3층 사무실 겸 작업실에 뻥 뚫어놓은 벽도 포인트가 됐다. 이름하여 '소통의 벽'. 요니를 위한 감시벽(?)이었다. 나 혼자 방에 두면 다른 걸 하고 있을 것 같아서 지켜봐야 한다나? 의미야 어쨌든 위트가 느껴져서 나는 이 소통의 벽을 좋아한다.

문을 열기 한 시간 전. 요니는 깔끔하게 리모델링된 테라스를 꾸미기 시작하고 나는 작업실에 앉아 현판을 만든다. 흰색과 노란색이 조화된 외관과 어울릴, 우리 집의 명패다. 외벽과 같이 하얗게 칠해진 나무판 위에 요니와 나를 그려넣고, 검은 페인트로 우리의 새로운 이름을 적어넣는다.

Two heads are better than one

steve j & yoni p

Two heads are better than one.

둘이라서 여기까지 올 수 있었다. 혼자였다면 불가능했을 일이었다. 패션디자이너라는 일은 화려해 보이지만 사실 몹시 고된 일이기도 하다. 사람들이 보는 건 완벽한 콘셉트를 따라 만들어진 무대 위, 화려하게 메이크업을 한 모델들이 디자이너의 옷을 입고 런웨이를 걷는 그 순간이다. 그 컬렉션을 위해 콘셉트를 잡느라 세상 모든 것에 주의를 기울이던 날들이나, 밤새 아이디어 회의를 하고 디자인을 하고 옷을 만들던 시간은 보이지 않는다. 새로운 것을 시도하고 만들어 세상에 내보이고 평가를 받는 일은 외롭고도 고독한 작업이다. 그만큼 불확실하기 때문에. 아무리 무대에 오르기까지 모든 걸 쏟아부어 만들어도 사람들이 한번 봐줄지, 좋아해줄지 옷을 만드는 순간 우리는 모른다. 모델들이 우리 옷을 입고 걷는 순간에도 우리는 알 수 없다. 그 불확실함을 견디며 그저 믿을 수밖에. 그런 일이다. 밖으로 보이는 만큼 그보다 많은 시간을 치열하게 준비한다. 부딪히고 깨지는 일들이 부지기수다. 혼자였다면 어디까지 버틸 수 있었을까? 우리가 함께했기 때문에 서로에게 의지하고 좀더 새로운 아이디어를 나누며 지금의 우리를 만들어올 수 있었다.

노랑머리에 진한 아이라인, 장발에 콧수염. 하나보다는 둘이 재미있고 신나고 설렌다. 스티브와 나, 우리는 둘이 만나 무한대를 만들어간다.

steve j

한국에 돌아와 1년이 좀 넘는 시간이 지나가고 있다. 2010 F/W 토일렛 쇼로 출발해서 2011 S/S 정글 캠프. 2011 F/W 어레스티드 어돌레선스Arrested Adolescence까지 달려왔다. 지속적인 콜래버레이션 작업을 통해 브랜드를 알리고 2010 올해의 디자이너상을 수상하기도 했다. 콘셉트 코리아 4인에 뽑혀 꿈에 그리던 미국 진출도 성공적으로 마쳤다. 영국을 떠나면서 예상했던 대로 브랜드는 두 배 이상 성장했고 아시아에서는 영향력 있는 디자이너로 자리매김하고 있다.

　　쇼에 집착해 멋져 보이려던 힘을 빼고 내가 당장 입고 나가고 싶고, 내 친구들에게 입히고 싶은 옷들을 만든다. 이 변화에 사람들이 공감해주고 있다. 옷을 만들 때 요니의 옷장을 채울 수 있는 옷들을 떠올린다. 그리고 끊임없이 영감을 주는 주위의 친구들을 떠올린다. 디자인은 웨어러블wearable하면서도 프린팅이나 디테일에 회화적인 감성을 더해 완성도를 높이는 것이 우리의 스타일이다. 남들이 만드는 걸 따라가는 게 아니라 우리가 내놓는 것이 트렌드가 될 거란 믿음으로 옷을 만든다.

yoni p

이제 곧 효리에게서 분양받은 두 마리의 고양이가 새 식구가 된다. 암수 두 마리인 고양이의 이름은 태시와 래시. 머스태시Mustache 스티브와 아이래시스Eyelashes 요니의 분신이라는 의미로 붙여줬다. 이 집이 태시와 래시가 따뜻하고 행복하게 이야기를 만들어가는 공간이 되기를 바란다. 태시와 래시뿐만 아니라 사람들 사이에서도 이곳이 유쾌하고 즐거운 장소였으면 좋겠다. 이곳에서 즐거운 일들이 많이 일어나고 많은 만남이 성사되고 많은 행복이 전해졌으면 좋겠다.

오전에 잡혀 있던 두 개의 미팅과 오후 화보 촬영이 끝나고 사무실로 돌아오는 길, 한남대교를 건널 때만 해도 하늘이 붉더니 마지막 미팅을 끝내고 나자 창밖이 캄캄하다. 오늘 하루도 이렇게 가는구나. 조용해진 작업실. 이제 정말 디자이너 요니와 스티브로 돌아갈 시간이다. 우리는 마주 앉아 이번 콜래버레이션 작업에 대한 아이디어 회의를 시작한다. 콘셉트는 뭐로 잡을지, 어떤 이미지로 패턴을 만들면 좋을지 여느 때와 마찬가지로 의견이 분분하다. 퍼즐을 맞추듯 서로의 생각을 이리저리 맞춰본다. 슬며시 3층 작업실로 올라온 직원 하나가 조심스레 인사를 건넨다.

"실장님, 저희 가볼게요."

그제야 밤 11시가 가까워졌다는 걸 깨닫는다. 순식간에 지나가는 시간. 모두가 떠나고 회의는 계속되고. 얼추 방향을 잡은 후 소통의 벽을 사이에 두고 서로 자리에 앉아 자료를 찾기 시작. 얼마나 시간이 지났을까? 작게 접힌 종이 뭉치 하나가 뻥 뚫린 벽을 지나 내 머리를 쳤다. 돌아보니 스티브는 여전히 일하는 중. 무슨 장난인가 싶어 펼쳐보니 그 어느 날처럼 앞뒤 없이 쪽지에 적힌 한 줄.

'집에 가자!'

피식 웃음이 난다. 봄 햇살이 창 너머로 들어오던 강의실, 그날의 쪽지가 오버랩된다. 춤만 알던 정혁서와 디자이너를 꿈꾸던 배승연이 거기에 있다. 그리고 진짜 디자이너가 되어 같은 작업실에 앉아 꿈을 현실로 만들고 있는 스티브와 요니가 여기에 있다. 그사이에 디자이너가 되기 위해서, 쉬지 않고 달려온 우리가 있다. 몇 년이 흘러도 우리는 그때와 같고 앞으로 수많은 시간을 지금과 같이 보내겠지. 하나가 아니라 둘이서. 스티브와 요니로.

나는 뒤돌아보며 외쳤다.

"좋아!"

스티브 & 요니's 디자인 스튜디오
ⓒ 스티브 J & 요니 P

1판1쇄   2011년 10월 17일
1판4쇄   2017년 6월 27일

지은이   스티브 J & 요니 P
펴낸이   김정순
책임편집   김수진
구성   이재영
마케팅   김보미 임정진 전선경

펴낸곳   (주)북하우스 퍼블리셔스
출판등록   1997년 9월 23일 (제406-2003-055호)
주소   서울특별시 마포구 양화로 12길 16-9 (서교동 북앤드빌딩)
전자우편   editor@bookhouse.co.kr
홈페이지   www.bookhouse.co.kr
전화   02-3144-3123
팩스   02-3144-3121

ISBN 978-89-5605-547-3 03810

이 도서의 국립중앙도서관 출판시도서목록(CIP)은 e-CIP 홈페이지(http://www.nl.go.kr/ecip)에서
이용하실 수 있습니다. (CIP 제어번호 : CIP 2011004150)